「このままここでぐっちゃぐちゃにしてやる」
「あっぁ……やぁ……んっ、んん……」
こんな恥ずかしい部分を舐められて気持ちがいいだなんて、なんていやらしいんだろう……。
「あっ……だめっ……そこ、気持ち……ぃ」

ライバル社長と子作りします!?

玉紀 直

Vanilla文庫 Miel

ライバル社長と子作りします!?

Contents

イラスト／黒田うらら

プロローグ

「仕事がノリにノっているし、結婚願望なんてないんだろうな。結婚してあたたかい家庭が欲しいとか……そんなこと考えるようにも見えないし」

正直、カチンときた。

（ちょっとそれ……失礼じゃないでしょうかね……）

心で呟《つぶや》けど声には出さず。さらにグラスを口につけ、絶対に言葉が漏れないようロックする。

このくらいの慎重さは必要だ。彼には絶対に弱みも隙も見せたくない。

それに、仕事を投げ出すような結婚願望を語れば、無責任な女だと思われそう。そう思われるくらいなら、結婚願望なんてないと思われたほうがましだ。

ホテルバーのカウンター席で、湯浅奏絵《ゆあさかなえ》は隣に座る四方堂亘《しほうどうわたる》をチラリと見やる。

上質な三つ揃《ぞろ》えのスーツに包まれた一八〇センチを超える精悍《せいかん》な体軀《たいく》。

軽く組まれた長い脚、トラウザーズの裾から覗《のぞ》く靴はイギリス高級ブランドのホールカット。革質を活かした堂々としたデザインだ。完璧という言葉を我がものにする彼にふさわしいコーディネートである。

老舗《しにせ》アパレルメーカーの御曹司で、マーチャンダイザーとしても活躍する敏腕社長。その人望は絶大で、彼のひとことでものが動けば人も動く、ついでに暴力的によすぎる顔面のせいで女も動くと言われている。

本来なら、同じアパレル業界とはいえど奏絵のような小さなベンチャー企業の女社長が気軽に話せる相手ではない。

おまけにこんな場所で一緒にお酒を飲んでいるなんて、彼に夢中な女性たちに知られたら一人で夜道を歩けなくなる。

二十五歳の奏絵より八つ年上の三十三歳。これだけの御仁であるのに浮いた噂《うわさ》のひとつもない、清々しいまでの仕事人間である。

「……っまあ、そうですね、でも、それは……四方堂社長だって同じなんじゃないですか？　結婚したいと言えばすぐにでもわんさか候補が集まってきそうな素敵な方なのに、その気配もない。候補になりたい女性たちが泣いてますよ」

「それは……どうも」

やり返したつもりだった。しかし亘はジン・トニックのグラスを揺らしながらちょっと照れたように微笑《ほほえ》んだのである。

ドキリとしたときめきを、心臓を矢で射ぬかれた、と表現するイラストをよく見る。

……今の奏絵がソレである。

（反則っ、反則、その顔は反則だからね！）

奏絵は懸命に亘に罪をかぶせ、女性なら彼の微笑みにドキリとしないわけがないと思うことで平静を保つ。そうでもしないと心がほだされてしまいそう。

むしろ、とっくにほだされてはいる。亘は奏絵にとって憧れの人だったし、目標にする人だったし、……心の恩人だ。

それだからよけいに彼にされた拒絶はショックだったし、それならばと意地になって奮起することができた。

彼の前で弱みなどさらしてたまるものか。「貴方に認められなくたって、わたしはこんなにも仕事と人生を謳歌《おうか》しています」というところを見せつけなくては。

奏絵は手にしたカクテルをグッと飲み干す。グラスを唇から離すとき頭が少しくらっとした。

いささか飲みすぎているかもしれない。亘と飲む前に接待の場で限界値まで飲んでしまっている。これ以上は危険だ。

「湯浅さんも、泣いてくれている？」

「は？」

「候補になりたい女性が泣いているって言うから、湯浅さんも泣いてくれているのかなって思って」

「は……」

一瞬思考が酔いに呑《の》まれる。自分の発言済みのセリフと彼のセリフが頭の中で回り、その意味を理解した瞬間湧き上がったのは怒りでも軽蔑でもなく……、恥ずかしさだった。

(な、なに言ってんのっ、それじゃぁまるで、わたしが四方堂社長を狙ってる、みたいな……ないない、そんなのない！)

もしや彼は奏絵の気持ちを悟っていて……とまで考えを深めてしまう。しかしここでテンパってはいけない。動揺した顔など見せられるものか。

手が震えないよう意識してゆっくりとグラスをテーブルに置き、奏絵は下ろしたロングヘアを指で梳《す》く。

「いやだわ、四方堂社長、そんな冗談。どう見たって貴方も同類じゃないですか。仕事が第一、結婚願望がなくてあたたかい家庭が欲しいなんて考えたこともない、っていうにおいがしますよ？」

亘は言い返すことなく、ふっと笑ってグラスに口をつける。してやったりと心でほくそ笑み、奏絵は調子づいた。

「それでも、わたしは夫はいなくても自分のＤＮＡが入った子どもは欲しいかなって思いますね。女性ならではの願望ですね」

結婚願望がなくても、女性なら子どもを持つことができる。男性でもできるだろうが、ハードルが高いだろう。亘が子どもまで欲しいと思っているかは知らないが、仮にも老舗企業の跡取り、後継者問題を考えなくてはならない身だろう。

一歩優位に立った気がして奏絵は非常に気分がいい。限界値に達していなければもう一杯カクテルを注文したいくらい。

しかし……。

「そうか……、それなら、俺が手伝ってやる」

グラスを置き、亘が奏絵を見る。テーブルの上で片手を握られ、その優秀すぎるご尊顔が目と鼻の先まで近づいた。

「他ならぬ〝同類〟の切なる望みだ。俺が相手になってやる。安心しろ、俺のＤＮＡは超優秀だぞ」

――――なにを、おっしゃっていらっしゃるのですか……。

これは冗談だ。冗談に決まっている。そう思うのに、亘は「そうと決まれば善は急げだな」と言いつつバーテンダーに声をかけ、部屋の手配を頼んでしまった。

（待って。え？　ちょっと、なにが起こってるの？　え？　なにこれ、なんの冗談？）

頭はパニックだ。これはもしかしなくても、亘が子どもを作る相手になってやるという意味なのだろう。

（子どもって……）

簡単にできるものではないというのは奏絵だって知っている。……ときに簡単にできてしまうこともあるようだが、そのあたりは今は問題ではない。

そして、年齢イコール彼氏いない歴……イコール……処女歴、という奏絵でも、二十五歳にもなれば作り方だって知っている。

「おい」

「は、はは、はいっ！」

呼びかけられてビクッとする。見ると、亘がグラスを差し出していた。

「ほら、チェイサー。飲んでおけ。意地張って限界以上飲んでいたんだろう？」

「あ……ありがとう……ございます」

わかってくれていた。水の入ったグラスを受け取り、亘がそこまで見ていてくれたことに気持ちがほわりとする。が……。

「そんなに心配そうな顔をするな。俺、ウマイから」

……水を含む前でよかった。

口に入れていたら、確実に噴き出していた……。

不敵に微笑む亘を横目に、奏絵はグラスをグイッと呷《あお》る。

（これ……夢？）
夢か気のせい……。いや現実だ。
奏絵の頭の中で、今日の朝からの出来事がぐるぐると回りだす。
仕事をして、接待があって……。
そして、このバーで亘とグラスをかたむけるところまで――。

第一章　強がりは尊敬と憧れの裏返し

『今日も開店から満員御礼ですよ〜。もー、販売期間延長しましょうよ、社長っ』

スマホから聞こえてくる女性の声は大張りきり。ウキウキした声とはこういう声だという見本のようだ。

とんでもなく嬉《うれ》しい報告だ。本心は「本当!? 嬉しい!!」と叫びつつ飛び跳ねてしまいたい。

しかしそれはできないのだ。無邪気にはしゃぐなんて〝やり手の女社長〟のイメージを崩すだけ。

それでも奏絵は嬉しそうにトーンを上げる。ただし冷静に、且つ、おだやかに。作り上げた湯浅奏絵社長を演じるのだ。

「嬉しい。ゲリラ出店でも毎日そうやってお客様が来てくれるのは、店長やスタッフのみんなのおかげです。ありがとう」

『しゃちょぉ〜……』

感動したらしく、感無量と言わんばかりの声が聞こえてくる。

「このスタッフなら、最終日まで絶対このペースでいけるって自信があるの。店長、こんなこと言ったら負担になるかな」

『そんなことありません！　お任せください！　スタッフに社長のお言葉伝えますよ！　ポップアップストア展開の最高売り上げを叩き出してみせますとも！』

「店長っ！」

『社長っ‼』

熱血漢の店長にさらなる激励を入れ、奏絵は通話を終えた。

スマホを持った手をデスクにつき立ち上がる。コホンと誇らしげに咳払いをした奏絵は、堂々と前を向いた。

腰に届くストレートのロングヘア。かわいい系の表情をきりりと整えるとベージュのスーツに包まれた一六〇センチの身体に自信が漲《みなぎ》る。赤いルージュで彩られた小さな唇が嬉しそうに開いた。

「社員の諸君、我がuniSPACE《ユニスペース》のポップアップストアは本日も大盛況らしい！」

社員の歓声とともに沸き起こる拍手。……が、盛り上がりはするが数は少ない。なんといっても、この部屋には奏絵以外二人の人間しかいないのだ。

「そうでしょ、そうでしょ？　出勤前に通りかかったとき、開店前なのにかなり並んでたもん。これは今日も売上いくな、って思ってたよぉ」

ひかえめではあるが、いつもよりかなり饒舌《じょうぜつ》になるのは一応専務の肩書を持つ、企画兼デザイナーの新見《にいみ》愛香《あいか》である。

奏絵と同じ二十五歳。高校時代からの親友で、起業スタッフの一人だ。ふわふわと空気感のある三つ編みを両胸に垂らし、パフスリーブにフリルで囲まれた丸襟の白いブラウスがよく似合う。

にこにこしたおとなしい雰囲気のせいか少々浮世離れした印象を持たれがちだが……これで結構シッカリ者だ。

「いかなきゃおかしいって。春物が話題になったところを狙ったゲリラ展開だからね。今回も男女の比率がいい感じで嬉しいね」

「純の広告も大人気だしね」

奏絵の言葉に当然とばかりに胸を張る、湯浅純《じゅん》。ひとつ年下、奏絵の弟である。

長めの前髪をサイドから軽く分け、肩につくかつかないか微妙なエアリーヘアに小さめのコンコルドクリップ。ざっくりとしたスプリングニットに細身のデニムパンツという、少々中性的ないでたち。

同じく起業スタッフの一人で常務の肩書を持ち、企画から販売促進、そして美人な彼特有の顔つきと雰囲気を生かしブランドモデルを担当している。

美人、とはいっても女性っぽいという意味ではない。

話しかたも声も男性と言われれば男性だし、女性と言われればこんな感じの女性もいると納得してしまう。

男だから、女だから、というカテゴリーに囚われない、それが純だ。俗にいう、ジェンダーレス男子というものである。

奏絵は大学三年生のとき、愛香と純の三人でベンチャーにチャレンジし、アパレルの会社を興した。

【uniSPACE】と名づけた会社で三人が目指したのは、性別で境界線を引かない、いわゆるユニセックスブランド。それだけならどこにでもあるが、三人がこだわったのは、ユニセックスであっても綺麗《きれい》で上品な服だったのである。

通販をメインとしているうちに口コミでブランドの評判が広がり、取材を受け、じわじわと拡大していった。

固定の店舗は持たないが、ときどきゲリラ出店をする。一週間程度に限定したポップアップストアは毎回大成功だ。

「わたし、午前のうちに激励に行ってくるね。店長も大張りきりだったし」

「奏絵ちゃん、店のほうに行くの？　それなら僕も……」

一緒に行きたそうに純が近寄ってくる。奏絵は片手のひらを前に出して弟をとどめた。

「だぁめっ。純は午前中約束があるでしょう」

「店舗に行ってからでも間に合うって」

「もし店舗で話が長くなって遅れちゃったらどうするの？　こんなルーズなやつがいる会社なんて、って思われたら最後よ」

「それは困る。せっかく、やっとＩＪＩ商事に渡りをつけたのに」

純はきゅっと鼻にしわを寄せる。目標にしていた企業との話し合いだけに、彼の意気ごみは大きい。

ＩＪＩ商事は大手の総合商社だ。そこのアパレル部門と話し合いの機会が持てるなんて、小さなベンチャー企業には夢のような話である。

「でも、純君はすごいね。いろいろとツテを探ってとうとうＩＪＩまでたどり着いちゃうんだから」

長閑《のどか》な声音で言いながらも、愛香はパソコンを見つめたまま手元のペンタブを動かし続ける。おそらくデザイン案が固まり気分がのってきているのだろう。

「目標だったしね。絶対に大手と話をまとめてやるって」

嬉しそうにしながらもちょっと自慢げな純を見ていると、奏絵はわずかに心が痛い。ここまで話を進めるのに純がどれだけ必死だったかを知っているし、その理由も察しがつくからだ。

――見返してやろう、絶対！

消沈する奏絵を抱きしめて一緒に泣いてくれた純を思いだすと、申し訳ない気持ちにさえなる。

「もしかしたら社長にも会えるかもしれないんだ。緊張するけど、楽しみでさ」

「ええっ、本当に？　さらにすごいね、頑張ってっ」

手を止めた愛香が握りこぶしを作り、純に頑張れポーズを送る。どんなに驚くような話でも、気分がのっているときに彼女の手が止まることは稀《まれ》だ。

つまりはそれだけすごいことを純がやってくれている。奏絵も愛香に合わせて片手で頑張れポーズを作った。

「よし、上手くいったあかつきには三人で祝杯だね」

「わー、それじゃぁ、ホテルカフェのストロベリースイーツパーティーに行きたいっ」

「愛香さん、それ酒じゃないよ」

「えー、だってお酒より美味《おい》しいよー。……あ、そういえば……」

ついにペンタブを離して話にのってしまった愛香だったが、なにかを思いだしたかのように視線を上にする。

「奏絵ちゃん今夜接待だよね、大丈夫？」

「なにが？」

「接待……、宇目平《うめひら》社長でしょう？　あの人、すっごくお酒飲むじゃない。前について行ったときビックリしたもん」

愛香が言わんとしていることを読み取り、奏絵はハッとする。彼女のデスクの横で膝を合わせ、片手を口の横に立てて前かがみになった。

「……経費でイける範囲で抑えますんで……」

「もーぉ、そんなこと心配してるんじゃないよぉ。……少ししてるけど」

注目を集めるベンチャー企業、先を見越していろいろな人と会って縁を作っていかなくてはならないとはいえ、接待費であろうと抑えるところは抑える。

そのあたりはシッカリ者の愛香の得意分野だ。

「酒代の心配じゃないよ。奏絵ちゃんの心配」

「わたし？」

「調子にのって飲まされすぎないでね。自分も飲むけど相手も飲まなきゃ気が済まないみたいなところがあるでしょう？　宇目平社長って」

「それは大丈夫。切りのいいところで引き上げるつもりだし」

「大事な話があるからとかなんとか。奏絵ちゃんだけで来るように言ってきてるから、それがいやなの。スケベオヤジだし」

「あ、あいかちゃん……」

このふんわりした雰囲気の彼女の口から出てくるとは思えない言葉を耳にして、奏絵は苦笑いだ。

とはいえ、セクハラ発言をコミュニケーションだと思っているところがある人なので愛香が心配するのも無理はない。

「僕も心配だな……。やっぱり僕が行こうか？　社長は体調不良で、とかなんとか言って」

純にも心配が移ってしまい、奏絵は苦笑いのまま首を横に振る。

「駄目だよ、向こうがへそ曲げちゃう。宇目平不動産には出店の場所を確保するのにお世話になってるし、ご機嫌を損ねるわけにはいかないでしょ？」

ゲリラ出店にしろポップアップストアにしろ、場所の確保は重要である。空いている場所を取れたらいい、というわけにはいかない。

目立つ場所、集客しやすい場所、さらにターゲットとする年齢層が多く集まる、活気のある場所なら尚いい。

それらの相談に応じてくれているのが宇目平不動産の宇目平社長なのだ。

通販事業が波にのってきたタイミングでポップアップストアに挑戦したいという奏絵の話に「よし任せておけ」と胸を叩いてくれた、見るからにエネルギッシュな雰囲気漂う四十代なのである。

「大丈夫、心配しないで。絡み癖のある親戚のオジサンの相手をしていると思えばなんてことないから」

「実際にいるしね」

親戚の面々を思いだしたのか、純が笑いを嚙《か》み殺す。心配そうにしていた愛香も、安心したのかペンタブを手に取った。

「じゃ、張りきってストアの様子見てくるね」

二人に見送られ、奏絵は小さな事務所が入ったオフィスビルを出た。


二月になって冬の寒さもどことなくゆるんだように感じるとはいえ、やはり外を歩いたあとはあたたかい飲み物がいい。

……のに……。

「こちら今日からの発売で春の新商品なんです。期間限定ですよ。いかがですか？」

ポップアップストアを視察後、上機嫌でふらりと入ったコーヒーショップで勧められたのは冷たい飲み物。

おまけにコーヒーではなく、春らしくイチゴを使ったストロベリードリンク、……に、パフェさながらホイップクリームやらクッキーやらチョコが飾られた代物。

コーヒーショップでこの手のものを目にするたび、果たしてこれは飲み物なのか食べ物なのかとわからなくなる。

正直なところ、この手のものを試したことはない。てんこ盛りのホイップクリームに怖気づいてしまうからだ。

甘いものが嫌いなわけではないし、興味がないわけでもない。むしろ大好物だ。しかし、なんとなく、自分が注文してもおかしくないだろうかとよけいなことを考えてしまう。

この盛りに盛られた白くふわふわな、いかにもかわいい女子向けの強敵を、残さず平らげることはできるだろうか。なにより、あんな女が似合わないものを持っていると笑われないだろうか。

「ピンクと白でかわいいですよね。実はこのホイップの中にはマカロンが隠れているんですよ。ビックリ箱みたいですよね」

説明してくれる店員の笑顔が、これまた明るくて嫌みがなく、なんといってもとびきりかわいい。ポップアップストアの要員にスカウトしたいくらい。男性がお勧めを受けたら迷いもなく注文してしまうだろうと思える。

カウンターに置かれたメニュー表を眺め、無難に本日のお勧めコーヒーにしておこうと思いつつも、笑顔がキュートすぎる彼女のお勧めも気になる。

（でも、休日ならまだしも、この格好でこんなかわいいもの頼むのも……）

「こちらの商品、ただいまカップルサービス実施中なんですよ。お二人で同じものをご注文いただきますと、なんと上にイチゴがのるんです」

一人で買いにきているのに、二人で買った場合の話をされても……。

（でもイチゴか……、いいなぁ、彼氏彼女で買いにくる人は）

「それなら、ふたつ、お願いします」

「ありがとうございます」

背後から男性の声。……聞き覚えのある声だ。選ぶのが遅いから順番を飛ばされたのだろうかと考えるより先に顔が動いた。

「うしろ並んでいるから、早く決めないと」

「ひぇっ！」

思わず短い悲鳴をあげてしまった。背後に立っていたのは頭ひとつぶん大きな男性。両サイドの髪をうしろに流し、薄めに下ろした前髪が軽くかかる双眸《そうぼう》は鋭く、そして凛々《りり》しい。精悍な体軀を三つ揃えのスーツに包んだ、男前すぎる美丈夫。

――天敵、四方堂亘。

（なんで、なんでこの人がこんなところにいるのっ。こーゆーちっちゃくてかわいいコーヒーショップに来るような人じゃないでしょう！　なんというかこう、格調高いコーヒー店でエスプレッソとか飲んでそうな……）

CAFE TIME

あれこれ考えているうちに、亘がさっさと店員にカードを渡し支払いを済ませてしまった。肩を抱かれカウンターの端に移動させられる。

「ほら、できるまでこっちで待つぞ。君が迷いすぎて列ができてしまった」

「列？」

見ると本当に数人の順番待ちができている。奏絵が来たときは誰もいなかったので、つい呑気にメニューで迷ってしまったのだ。

申し訳ない気持ちになっていると、亘がハアッと呆《あき》れたように息を吐いた。

「優柔不断か」

間違ってはいない、しかし、彼に言われるとカチンとくる。……というか、普通のコーヒーとかわいいドリンク、どちらにするかの二択で迷っているところを見られてしまうなんて、それが恥ずかしい。

愛香や純、取引先の担当者に見られたならまだいい。しかし、よりによって亘に見られるとは。

巷《ちまた》で、亘と奏絵は〝犬猿の仲〟と言われている。

四方堂亘、老舗アパレルメーカー大手、ヴァルラティ・グループの社長。そして、数々の大ヒット商品を生み出した敏腕マーチャンダイザー。

そんな彼を初めて見たのは六年前、奏絵が大学一年生のとき。彼が大学の就職説明会にて講演を行ったのだ。

彼は若者の新しい挑戦を奨励し、ベンチャーを支援する立場を取っていた。

――自分の中にある可能性に、気づこう。

その言葉は、当時内向的だった奏絵の心に響き、沁《し》みこんだ。

四方堂亘を尊敬し、憧れた。彼は奏絵の目標になっていた。

やがて奏絵は愛香と純とともに同じ目標を持ち、新ブランドの企画を立て、それを亘のもとへ持ちこんだのである。

しかし……、その企画は、亘自身から過酷なまでに辛辣な評価を受けた。

ベンチャーを支援しているはずの彼に、自分たちの可能性に向かって走り出そうとしていた奏絵が突きつけられた、心が折られるような酷評。

――悔しかった……。

奮起した三人は自分たちでブランドを起ち上げ、uniSPACEを波にのせたのだ。

それでも亘から受けた仕打ちは忘れられない。uniSPACEが飛ぶ鳥を落とす勢いで急成長したせいか、ポップアップストアやゲリラ出店のたびに亘が視察にやってくる。それがまた癪《しゃく》に障った。

駆け出しのベンチャー企業の様子を、大企業が視察にくる。それも毎回。

これはすごいことだ。本来なら大喜びで挨拶を兼ねてお礼を言うべきところ。

だが、奏絵は決して媚《こび》は売らなかった。それどころか強気で接した。

『〝天下の四方堂社長〟に足を運んでいただけるなんて光栄です。それも〝毎回〟』

『足を運んでもらえなくなったら〝自分たちも限界か〟とわかるから、便利だろう?』

ベンチャーのひよっこが生意気な、とでも思っているのか、亘も言動に手加減をしない。

『わたしのような底辺と違って大企業の社長さんは現場仕事なんてしないでしょうから、客入りと売上くらいしか見られていないとは思いますけど』

『私のマーチャンダイザー歴は君の社長歴より長いのだが? 商品開発のコツが聞きたくなったら、いつでも訪ねてきなさい。〝一から基礎をレクチャー〟してさしあげよう』

『まあああああっ、こうえいですっ』

『威勢だけの……いや、失礼、元気のある新風はいいものだ』

『ホホホホホ、元気ですよ~。わ か い の でっ』

『ハハハハハ、元気だけが取り柄にならないように』

——周囲で見ている同業者はよほど相性が悪いのだと感じたのだろう。

いつのまにやら〝犬猿の仲〟とまで言われるようになっていた。

「と、ところで、四方堂社長は、こんなところでなにをやってるんですか」

「なにって、コーヒーを買いにきたんだけど?」

「コーヒーは買ってなかったようですが?」

「順番待ちをしていたら前に並んだ女性が煮えきらなくてね。上にのせてもらえるイチゴを食べたそうだったから、コーヒーを断念した」

またもやカチーンときた。

「それは申し訳ございません。それならイチゴのドリンクはわたしが引き受けますので四方堂社長はコーヒーを……」

「ふたつ飲むのか？　カロリーの塊だよ？　体重計にのって泣くことになる」

奏絵の言葉が喉の奥で詰まる。

（女性の深層心理を突くなぁ‼）

そうしているあいだにドリンクができ上がったらしく、亘がふたつ受け取り一緒に店を出た。

店の前には大人二人用のベンチが数基置かれている。そのうちのひとつに腰を下ろした亘がドリンクを自分の横に置き、座面を軽く叩いた。

「座れば？」

一緒に座って飲もうとでも言うのだろうか。こんな場所に彼と並んで座るなんて恥ずかしすぎる。

それじゃなくても、店に入ろうとする人から出てきた人まで、通りかかった人から通りすぎた人まで、みんながみんな五度見していくほど暴力的に顔面がいい目立つ男性だというのに。

（この人……自分がかっこいいっていう自覚あるんだろうか……）

「け、……結構です。注文しづらいものを代わりに注文してくださって、ありがとうございます。わたしのぶんのお代……」

さっさと彼にカードで支払われてしまっている。自分のドリンク代を渡そうとショルダーバッグから財布を取り出す。と……。

「いらない。俺、小銭は持ち歩かないんだ。邪魔だろう？」

お買い物のときに小銭は大事でしょうと叫びたいのを我慢し、奏絵は止まった手を気合いで動かし千円札を出そうとする。が……。

「だから、小銭はいらないって言っているだろう。黙って奢《おご》られなさい」

（小銭、小銭って言った⁉　千円札を小銭とぉ‼）

奏絵が動揺している間に、亘はひとつ手に取りストローに口をつける。通りかかったOLらしき二人組から「きゃぁっ」とハートマークつきの黄色い歓声が聞こえ、奏絵は改めて亘をジッと見た。

ピンク色多めのかわいいスイーツドリンクと暴力的なイケメンの融合。……驚くほどマッチしている。

（マズイ……まぶしい……）

思わず目を眇《すが》めてしまった奏絵は、このおかしな感動をごまかすために残ったひとつを手に取り彼の隣に腰を下ろす。

……ただし、極力、めいっぱい、できる限り、離れて……。

「思ったより甘ったるくないな。見た目はすごいのに」

透明なカップの側面を眺め感心をする亘の言葉を聞きながら、奏絵もストローに口をつける。ひと口飲んで「んんっ」とうなってしまった。

「美味しいっ。なにこれ、迷うことなかった」

「このクレープクッキー、クリームにつけて食べたら美味い」

「わっ、ホントだ。あっ、マカロン出てきたぁ。ほんとにビックリ箱みたい～」

いきなり亘が口元を押さえてクッと笑いを堪えたのを見てハッとする。ハシャギすぎたかもしれない。素になっていた自分に気づいて、奏絵は背筋を伸ばして表情を引きしめた。

「なに……笑ってるんです？」

「いや、ビックリ箱みたいな顔をするのは君のほうだなと思ってね」

「はぁ？」

これは嫌みか。女性にビックリ箱みたいな顔と言うのは、失礼にはあたらないのか。

「このドリンクを四方堂社長の頭からぶっかければ、社長もビックリ箱みたいな顔になるかもしれませんねぇ」と言いたいのを堪え、唇の端を上げているつもりになって笑顔をキープする。

彼お勧めのクレープクッキーでホイップクリームをすくって、勢いよくバリっと噛み砕いた。

（あ、本当に美味しい）

「そんなに構えるな。ポップアップストアは今日も大盛況なんだから、もう少し浮かれろ」

彼の言葉に一瞬動きは止まるが急いでクッキーをポリポリポリポリと食べ進め、亘に顔を向ける。

「どうして客入りを知って……」

「そうやって食べていると小動物みが増すな。ハムスター、いや、リスみたいだ」

（お　お　き　な　お　世　話　で　すっ）

「どうして他店の客入りをご存じで？」

亘の言葉には取り合わず、ひとまずにっこりと微笑み質問を口にする。なぜ知っているか見当はつくのだが、貴方の動向なんて気にしていませんというポーズを取りたいがゆえである。

「視察してきたからに決まっているだろう。君も視察の帰りなんだろう？　もう少し早く行ってたら、店で会えたかもな」

「まぁぁ、今回も通っていただけているんですか？　ヴァルラティの四方堂社長に変わらず視察に通ってもらえるなんて、うちも少しは成長したでしょうか？」

「会社は成長しているな。上手いことやっている。交渉上手な社員がいるようだ。……あの黒一点か？　君の弟君だったかな」

「ええ、優秀な弟で、わたしも助けられています。今日も大手と話し合いの場を持ったようで……」

「え？　ウチに来るって話は聞いていないけど？」

「ヴァルラティさんじゃないですっ」

せっかく気取って話をしていたのに、煽《あお》られて素が出てしまう。喉の調子を整えるふりをしてごまかすが、亘が笑っている気がして気まずさばかりが大きくなった。

早いとこ飲んでしまってここから立ち去ろう。

……とは思うが、寒さはやわらいだとはいえまだ二月。急速に飲むことを身体が拒否しているらしく、少しずつしか入っていかない。

やはりあたたかいコーヒーにしておいたほうがよかっただろうか。

（……でも……、ちょっと……いつもと違う話ができたような……）

心がこそっと憧れの出現を許す。さりげなく隣を盗み見ようとしたとき……。

「奏絵ちゃん？」

呼びかける声にビクッとして顔を向けると、純が駆け寄ってくるのが目に入った。

「やっぱり奏絵ちゃんだ。ストアの帰りかい？」

「う、うん、ひと休みしていたところ」

奏絵は慌てて立ち上がり、亘を純の視界から隠す。目の前で足を止めた純は、楽しそうにドリンクを指さした。

「勤務中にしては珍しいもの飲んでる〜。売り子のお姉さんのセールストークに負けたんでしょう？」

「うん、まぁ、負けたっていうか……興味はあったというか……」

「奏絵ちゃん、こういうかわいいものとか好きだもんね。先週買ったパジャマもこんな感じのピンクだよね」

「う、うん……まぁ……」

ここでその手の話はやめてほしい。亘さえいなければどんどんしてくれて構わないのだが……。

「それより、純はどうしたの？　ＩＪＩの担当者と会うって……」

「時間変更になったんだよ。これから行くところなんだ。ＩＪＩの社長が同席してくれることになって、それで時間変更したいって。いやだって言う理由ないだろう」

「本当？　もしかしたら、って言ってたのに、本当に会えるんだ？　すごいっ」

つい盛り上がってしまうものの、会社名を口にしてしまったのは迂闊《うかつ》だった。当然、それを聞きつけて喰《く》いついてくる人間がいる。

「IJIに渡りをつけたのか。素晴らしい成果だ。それも社長を引っ張り出すなんて」

話はもちろん亘にも聞こえている。奏絵とだけ話をしていると思っていた純は不思議そうに声の出どころを見やり……鼻にしわが寄るほど表情を変えた。

「社長は今、新婚で最高に機嫌がいい。顔を売るにはいいチャンスだ」

いつの間にかカラになっていたカップを持って立ち上がり、亘が口を挟む。純の表情は気になるが、ここは奏絵が繋《つな》ぐべきだろう。

「新婚……結婚したばかりなんですか？」

「結婚したばかり……のうちには入るかな。まあ、いろいろあったけど今は幸せいっぱいみたいだから、怖くはないと思う。以前なら、運よく急成長はしたが先が見えないベンチャー企業と会うなんて考えもしないだろう御仁だった。君たちは運がいい。頑張りたまえ」

「は……はぃ……」

これは、褒められていると言っていいのか……。嫌みをぶつけられていると思ったほうがいいのか……。

引き気味だが一応返事をした奏絵とは逆に、純は鼻にしわを寄せたままだ。中性的な美人顔が「どうしてアンタがここにいる。うちの奏絵ちゃんに近寄るんじゃねぇ」と言っているのがわかる。

「ずいぶん、詳しいんですね」

「大手同士だし当然だろう。ＩＪＩの社長は古くからの知人だ」

「そうですね、大手同士ですものね。弱小ベンチャーにお会いくださるなんて、光栄で光栄で」

「まったくだ。しかしチャンスはしっかり摑《つか》んでおくといい」

……嫌みが通じない。

それどころか激励を加え、亘は去り際に奏絵の背後でセコムさながら睨《にら》みを利かせる純の肩をポンッと叩《たた》いた。

「君はモデルをやるよりガッチリ営業側に回ったほうがよさそうだ。そのほうが、大事な大事な姉さんも喜ぶぞ」

「こっ……！」

「このたびはご教示くださりありがとうございました！」

喰ってかかりそうになった気配を察知し、奏絵は素早く純をうしろに庇《かば》い亘に礼を言う。

そんな姉弟を見て満足そうに微笑んでから、亘は軽く手を上げて立ち去っていった。

店の前にワインの樽《たる》を長くしたような箱がある。亘がチラッと奏絵に目を向け、まだ自

分を見ているのを確認してからカラ容器をそこに捨てていった。

これが専用のダストボックスだからここに捨てるんだよ、と……スマートに教えられてしまった気分だ。

「……奏絵ちゃんっ、なんであんな奴と一緒にいたのっ」

純が聞きたがるのも当然だ。なんといっても彼は亘を、ヴァルラティを毛嫌いしている。

「ん～、ここのコーヒーショップで偶然会って、話すと面倒くさいんだけど……」

「なんか面倒なこと言われたのっ？」

「そうじゃなくて、コーヒーを買おうとしたら、新発売のドリンクにカップル限定のおまけがあって」

「カップルぅ？　どうしてあんな奴とカップルぅぅ？」

「迷ってるうちにそれを注文されてしまって。成り行きで一緒に飲んでいたんだけど……」

「相変わらず人の意見を聞かない男だね。あんな奴に絡まれて、奏絵ちゃんかわいそう」

あたりさわりのない説明ができた気がする。それでも純の不満は亘に集中した。

そこまで嫌っている亘を前にして、睨みつけるだけで我慢したのは偉いと思う。奏絵はにこりと微笑み、両手のひらで純の頬を軽くぺしぺしと叩いた。

「心配してくれてありがとう。大丈夫だよ。このあと、純も頑張ってね」

一拍置いて、純の顔から険が落ちる。ぱぁぁっと笑顔になった彼はニコニコしながら頬にある奏絵の手を握った。

「うん、頑張ってくる。絶対にいい結果に繋げるからね。楽しみにしてて」

「期待してる」

「社長に期待されたら張りきらないとね」

ふんすと鼻息も荒く志気を高めた純は、奏絵に手を振り勇ましい足取りで歩いていく。

……しかし途中で純をじーっと見ている女子高生らしき三人組に気づき、スッと綺麗な立ち姿を作って微笑みながら手を振った。

「きゃぁぁ、かわいいっ！」

「やっぱモデルの人ぉー！」

「がんばってくださぁい！」

尊いものでも見るかのように身体を引きながらも、ハートマークが飛びまくりの声援を送る。そんな彼女たちの肩には、ポップアップストア限定で使用しているuniSPACEのショルダー型ショップ袋が提げられていた。

「実物はかわいいっていうより、かっこいいね～」

「新しいカタログもよかったね～」

「あっ！　写真撮っとけばよかったっ！」

盛り上がり後悔しつつ歩いていく彼女たちを目で追い、心の中で「これからもご贔屓《ひいき》に」と合掌する。

上品で綺麗な服。女性が着ても男性が着てもおかしくない、どちらにも偏りのないユニセックスのデザイン。それらを純は上手く着こなし、とても素敵に表現してくれる。

まさにuniSPACEにはなくてはならないモデルなのだが……。

――君はモデルをやるよりガッチリ営業側に回ったほうがよさそうだ。

亘がそう言ったとき、心臓が飛び出そうなくらいドキッとした。奏絵も、そうしたほうがいいのではないかと密かに思っていたからだ。

実際、純は交渉スキルが高いし顔に似合わず押しも強い。顔に騙《だま》されて舐《な》めてかかってきた相手に対して、最終的にはこちらに最大限有利な条件で契約まで持っていったこともある。

今は販売促進という名称しか使っていないが、この先、会社をもっと大きくすることを考えたなら、純には営業に力を入れてもらいたいと思う。

奏絵が言えば純もいやとは言わないだろう。

純は奏絵がどんな思いでこの事業を創めたのか知っているし、そのきっかけが自分や愛香であることも知っている。

ストロベリードリンクで迷ってしまったように、奏絵は桜色や桃色に代表される淡い紅色、かわいらしいピンクが基調になったものが好きだ。やり手で勢いのいい女社長のイメージとは合わないだろう。

同じように純も、男らしく勢いのあるかっこいいものではなく、子どものころから落ち着いたデザインで綺麗なものが好きだった。

姉弟仲がよく、服もおそろいで選んでいた幼少時代。さすがにスカートまではおそろいではなかったものの、双子の姉妹なのかと聞かれたこともあるほどだったのだ。

その傾向は成長しても変わらず、服を買いに行くときは二人で出かけお互いに似合うものを選んだ。必然的に純は女性がメインターゲットとなるショップで買い物をすることが多くなり、着ている服も女性メインのブランド、もしくはユニセックスブランドばかりになった。

チョイスするものは彼が着ても違和感はなく、むしろ似合っている。

しかし、ときどき理解のない知人や友だちに馬鹿にされ、おかしな目で見られ陰口を囁《ささや》かれた。

スカートを穿《は》いているわけではないし、フリルやレースのついた服を着ているわけではない。「服装が男っぽくない」ただそれだけで純が異端児扱いされることに、奏絵は我慢できなかった。

男性みのあるワイルドなスタイルが好きな女性だっているし、落ち着いた綺麗めのスタイルが好きな男性だっている。普通のことじゃないのか。

それでも、内向的だった奏絵は、反論の声をあげることはできなかった。

幸い、両親は個人の趣味趣向にとやかく言う人たちではなく、「好きならいい」「似合うならいい」という前向きな考えで純と接してくれるので、本人も自分のスタイルを突きとおすことができていた。

好きなんだからいいじゃないか。奏絵がそう思うことはもうひとつあった。

高校生になって友だちになった愛香のことだ。彼女は絵を描くのが好きで、漫画風のイラストでも美術の教科書風の静物画でもなく、ファッションイラストが得意だったのだ。

愛香のファッションイラストは、上品で落ち着いているのにかわいい。綺麗で、でも華美すぎるところがなく爽やかだ。

ときに「こんなの、純に似合いそう」「わたしもこんな服着てみたいな」と感じるものがあり、奏絵は愛香のイラストを見るのが好きだった。

しかし愛香の家で彼女の趣味は理解されていないらしく、勉強に専念するためにと描き溜《た》めたイラストを処分されたり、テストで順位を上げなければ画材を燃やすと脅されたりして、必死になって勉強をしていたのも一度や二度ではない。

「そんなモン描いていたって将来なんの役にも立たない」と吐き捨てる教師もいた。クラスメイトに「絵ばっかり描いてオタクっぽい」と笑われて一時期いじめに近い嫌がらせを受けた。

早々に奏絵が担任に相談したことで、そんな風向きもすぐに修正されたのだ。

好きなことをやっているだけなのに、誰に迷惑をかけているわけでもないのに。愛香がつらい思いをするたび、そばにいる奏絵もつらかった。

奏絵にできるのは、大切な弟や友人の理解者になることだけ。小さな存在である自分にはそれしかできない。

しかし大学に進学し、四方堂亘という人に出会って……奏絵の思考は衝撃を受ける。

『自分にはできないって、誰が決めた？　君が決めたのか？　それなら気づいてほしい、自分の中の可能性に気づこう』

単純かもしれない。けれど、自分の中に可能性というものがあるのかもしれないと、そのとき初めて気づいた。

なにができる。自分になにができるだろう。

亘はアパレル会社の社長だ。彼の言葉に感銘を受けて、いつかは彼に目を向けてもらうことを目標にするのなら、アパレルでなにかできないだろうか――。

愛香のファッションイラストを思いだし、純のセンスを思いだし、――自分ができるかもしれない可能性に気づく。

――これだ！

新しい洋服のブランドを作ろう。男性が着ても女性が着てもおかしくない、誰にもなにも言われない上品で綺麗な服。

三人でならきっとできる。

そうしてできたのが、ラテン語でuni spes――「第一の希望」の意味を持つ、uniSPACEだったのである。


起業していろいろとつき合いも増えた。

徐々に商談相手と会食をする機会も増え、接待の場を設けることも多くなったのだが、問題はどこの店をチョイスするかだった。

なんといっても学生のうちに起業し、就活そっちのけで事業に没頭していた奏絵だ。会食に適した店も、接待に使えそうなお酒を飲める店も知らない。

ホテルのバーなら高級感がありそうだし接待にはいいのでは、とは思っても、どこがいいのかわからない。

高級感があるという理由で選んで、お値段も超高級だった、では困る。

そんなとき、とある人物のインタビュー記事から、一流ホテルの中にありながらリーズナブルにオーセンティックな雰囲気に浸れるバーを見つけ、以来、そこばかりを利用している。

都内一流ホテルの十階。八のカウンター席と二十のソファ席。カクテルの種類も豊富で、もちろんワインからビール、ウイスキー、日本酒も各銘柄がそろっている。

同ホテル日本料理店の厨房《ちゅうぼう》からの提供があるらしくフードメニューも充実していて、なんといってもちゃんとメニュー表に価格表示があるのが助かる。

奏絵は超お気に入りなのだが、何度も同じ店で接待されるほうは飽きてくるのかもしれない。

「今度は違う雰囲気の店で飲まないかい？　私の行きつけの店があるから、そこに行こう。いい店だよ？」

グラスの中でワインを回し、意見をしつつも宇目平は上機嫌だ。背面を丸く囲うデザインの一人用ソファに身体を預け、ゆったりくつろぎつつ隣の席に座る奏絵を眺める。

隣り合わせに椅子が配置された二人用の席だが、椅子がそれぞれ大きめの一人用ソファなので密着感がなくて助かる。

店に注文をつけたわりにワインは四杯目。それもすべてヴィンテージマデイラワインばかり。せこいことは言いたくないが、領収書を見たときの愛香の渋い顔が目に浮かぶ。

「申し訳ございません。わたし自身がお気に入りのお店なので、宇目平社長をおもてなしするときはどうしても好きなお店を選んでしまって……」

「ん？　そうかい？　……まあ、いいよ、私も嫌いなわけじゃない」

宇目平社長だからこそ、奏絵が好きな場所にしたいんだ……そんな匂わせに気分をよくしたらしく、宇目平は背中をムズムズと動かし上機嫌でグラスを口に運ぶ。

「なんだ、奏絵ちゃん飲んでないじゃないか。奏絵ちゃんも飲みなさい。私一人では酒が不味《まず》い」

奏絵のグラスが半分から減っていないのが不満らしい。このグラスの前に二杯飲まされている。リーズナブルに本日のお勧めワインにしたのだが、グラスが大きかったこともあってそろそろ限界値だ。

「いえ、わたしはそろそろ……。潰れてしまったら社長とお話ができませんし」

「潰れても構わんよ？　介抱してあげるから安心しなさい」

「社長にそんなことさせられませんよ」

アハハと笑いつつ、もしや今のはセクハラまがいの発言だったのではと思わなくもない。なんといってもセクハラ発言をコミュニケーションだと思っているような人だ。

この流れから話をそらすべく、奏絵は話題を変える。

「おかげさまでポップアップストアは今回も大盛況です。申し訳ないくらいいい場所を確保してもらえて、本当に宇目平社長には感謝するばかりです」

「そうだろう、そうだろう。あのビル、テナント料を値上げしたら一階の店がさっさと逃げ出してくれた。前から奏絵ちゃんにあてがってやりたいと思っていた場所だったから、ちょうどよかったなぁ。そういえばあの店もベンチャー系だったな」

　宇目平は盛大に笑うが、奏絵は笑えない。むしろ、なんだか気まずい。

「そうなんですか、これもタイミングというものですね」

「奏絵ちゃんの予定に合わせて出ていってもらおうと思ってね。いやぁ。上手くいった」

（……笑えないぃぃぃ……）

　無理やり作る笑顔のまま吐血してしまいそうだ。本当のことだとしたら、なんてことをしてくれているのだろう。

「あの……社長、さすがにそれは……」

　ここで意見などしてはいけない。わかってはいるがなにも言わないではいられなかった。居住まいを正しつつ奏絵がトーンを落とすと、宇目平はグラスを置いて肘置きに片腕をかけ身体を寄せてきた。

「わかってるよ。そんなズルいことはしないでくれって言うんだろう？　奏絵ちゃんは優しいな。しかし私は、奏絵ちゃんにもっと大きな商売をしてほしくてやったことなんだよ。わかってくれるかい？」

　長閑な声はどこか媚びた風でもある。まるで小さな子どもが悪戯を許してもらおうと機嫌を取っているようだ。

こちらの言いたいことはわかってくれている。追い打ちをかけるのは賢明ではない。奏絵はまぶたをゆるめてうなずいた。

「……わかります。……ありがとうございます」

「さすが奏絵ちゃん。ものわかりがいい」

奏絵が理解を示したのでホッとしたのだろう。宇目平は口調を戻す。肘置きにかけた腕からさらに身体を寄せてきたので、さりげなくお尻をずらして離れた。

「でも、私もなにも考えずにこんなことをしたわけじゃないんだよ。リサーチしてみたかったんだ」

「リサーチ？」

「奏絵ちゃんのブランドが、あの場所で売り上げを出せるかどうか」

「売り上げは……今まで以上に出ています。やっぱり場所がいいし、春の新作を発表したばかりでしたから……」

満足そうにうんうんとうなずき、宇目平はなぜか声を潜める。

「奏絵ちゃん、そろそろ本格的に店舗を構えないか？」

「えぇっ⁉」

予想もしていなかったことを言われたせいか、つい素で驚いてしまった。奏絵の虚を突いたことが嬉しかったのか、宇目平はやや大げさに笑い声をあげる。

場所が場所だけに騒がしい店ではない。宇目平が笑い声をあげるたびに周囲の目が気になった。

入ったときは満席ではないものの、ほどほどに席は埋まっていたように思う。引き上げる際にでも騒がしくしたことを店にひとこと謝っていこうと心に決めた。

「新鮮な驚きかただな。いや、ずっと考えていたんだよ。ブランドは勢いにのってるし、通販とポップアップだけなんてケチなことは言わないで、いい場所にどーんと店舗を構えたほうがいいってね」

「店舗……ですか」

「私ならいい場所を見つけてあげられる。どうだい？」

奏絵は考えこんでしまった。確かにブランドは波にのっているし、ポップアップストアも毎回大成功だ。

しかし、出店が気紛れだからこそ客が集まるのかもしれないとも思う。これが常設となるとどうだろう。当然、毎日大入りではないだろう。

（店舗か……）

持ちたい希望は……ある。宇目平に頼めば、おそらくブランドに最適な場所を確保してくれるだろう。

とはいえ希望だけで動ける話じゃない。返事は純や愛香とじっくり話し合ってからがいい。

ハッと気づくと宇目平に肩を抱かれていた。大きく腕を伸ばし奏絵の肩を抱いて、顔を下から覗きこんでいる。

「そんなに悩まなくていいよ」

宇目平の声は、またしても長閑で媚びたものに変わる。先程は感じなかった怖気が足元から這《は》い上がってきた。

「私に任せておきなさい。奏絵ちゃんのブランド、もっともっと大きくしてあげるよ。それこそ、ヴァルラティなんかに負けないくらい売り上げが出る場所を用意してあげる」

ヴァルラティの名前に身体が反応した。宇目平がふふんと笑う。

「奏絵ちゃんはヴァルラティが嫌いなんだろう？　あそこの社長と顔を合わせれば言い争いをしてるって有名だからね。ヴァルラティの社長に立てつくなんて身の程知らずだ、なんて言う奴らもいるが、私は奏絵ちゃんの味方だよ」

肩に続いて膝にのせていた片手を握られる。離れようとした瞬間、身体を引き寄せられた。

「奏絵ちゃんとは、ずっと一緒に仕事をしていきたいんだよ。これからのこと、違う場所でゆっくり話をしないか」

「違う……場所？」

本能的にいやなものを感じた。まだ余韻を残す怖気が、ざらりと不快さを増していく。

「より理解を深め合うために、大人の話し合いだ。……わかるだろう?」

これは本格的に危険だ。言いなりになっていたら大人の話し合いとやらのために連れ出されてしまう。奏絵は必死に離れようとするが、肩を抱いた手に力が入りその痛みで動きが止められた。

「店、出したいだろう? 悪いようにはしないよ……」

いやらしい猫撫《な》で声は、気持ちが悪いというより言われた身として恥ずかしくなる。小声なので心配はないと思うが、こんな話をしているなんて周囲の誰かに知られたら、恥ずかしすぎて逃げ出したくなるだろう。

「宇……宇目平社長……わたしは……」

「これは奇遇、宇目平不動産さんじゃありませんか」

声を震わせないよう言葉を出そうとしたとき、威勢のいい声が割りこんでくる。聞き覚えのある声に背筋が伸びた。

「こんばんは」

テーブルの前に立ったのは、亘だったのである。

なぜ彼がここにいるのか。いや、彼のような人が一流ホテルのバーにいたってなんの不思議もないが、それでも「なんでいるんですか」と責めたい気持ちになってしまう。

よりによって、こんな場面を見られるなんて。手を握られ肩を抱かれ身体を寄せられて、誰がどう見ても迫られている現場ではないか。

恥ずかしさこの上ない。宇目平も恥ずかしかったのかそれともこんな現場を見られてマズイと思ったのか、なにもなかったかのように奏絵から手を離し立ち上がった。

「四方堂社長ではありませんか。お久しぶりです」

「そうですね、お久しぶりです。久しぶりすぎて貴方の頭から私の存在が消えかかっているようですね」

「そんなことはありませんよー。天下のヴァルラティさんを忘れるわけがない」

先程までの長閑な口調が嘘《うそ》のよう。声を張りあげ、宇目平は両手を広げて笑顔で首を左右に振る。

出現したときから亘は宇目平しか見てはいない。奏絵を無視しているようでもあるが、少し違う。彼は、標的を定めているだけだ……。

「そうですか？　頭にあれば、今回のような仕打ちはしなかったように思いますが？」

「なにがですか……？」

調子のいい顔がわずかに翳《かげ》る。

「現在展開されている湯浅社長のポップアップストア、あの場所には、昨年まで弊社が支援していた貴金属店が入っていました」

まさか繋がりがあったとは。奏絵も驚いたが宇目平はもっと驚いただろう。撤退させられた店はベンチャーの貴金属店らしい。亘はベンチャーを支援する立場の人間だ。彼の御眼鏡に適って開いた店を、宇目平が標的にしてしまったのだ。

「場所を移したのでどうしたのかと思えば、テナント料が上がったとか。それも、一階のその店だけほぼ二倍の値上げだったそうですね。これはいけない。やり口がまるでヤクザだ。もしや改装などのやむをえない事情でもあるのかと思えばその気配もなく、突然人気アパレルブランドのポップアップストアが展開されている……。これは、どういうことでしょう……」

宇目平は顔面蒼白《そうはく》だ。ヴィンテージマデイラワインで作り上げたいい気分はすっかり蒸発してしまったかのよう。

愛香がこんな場面を見たら、きっと「四杯ぶんもったいない！」と怒ることだろう。その場面を想像して笑いたくなるが、……笑っている場合ではない。

「いや……あれは、地価上昇に伴って決めたことなので……特別高くしたわけではないんですよ……」

しどろもどろになる宇目平は、なぜか奏絵をチラチラと見る。そんな目をされても助けてあげられるわけがない。それとも「社長はわたしのためにやってくれたんです」と庇えとでもいうのだろうか。

uniSPACEの場所を作るために仕かけたのは聞いてしまっているし、ここは少し宇目平に助けを入れたほうがのちのちのためにもいいのかもしれない。

奏絵が口を開きかけたとき、やっと亘の顔がこちらを向いた。

「どうやらuniSPACEの湯浅社長とは少々深い関係にあるようだ。いい場所を提供してあげたくなる気持ちもわからなくはない」

「まったく深くなんかありません！　今日だってただの接待です！」

おかしな言いがかりについムキになって口を出す。宇目平を庇おうとしたのに、逆に走ってしまった。

クスリと嗤《わら》う亘は勝者の笑み。どうやら庇ってくるだろうと予想して、わざと奏絵を煽ったようだ。

顔を戻した亘は、宇目平にとどめを刺した。

「そうですか。それでは先程私が見たのはなんだったのでしょう。親しげに肩を抱き手を握り、肘置きからみっともなく伸び上がってまで身体を寄せて。まさか、取引における上下関係を利用して湯浅社長を……」

「ご、誤解だ！　誤解ですよ四方堂社長っ。私がそんな、弱い立場の者にそんなことをするはずがないじゃないですか。社長が見た、その、ほら、肩を抱いただの手を握っただのっていうのも、接待のお礼を言っていただけで、……そう、もうお開きになるところだったんですよ。たくさん飲んだし、話もしたし、ねえ、湯浅社長っ」

「はぁ……まあ……」

苦しい言い訳だ。お礼を言うだけであそこまで密着はしない。なにがなんでも奏絵に味方についてほしいようだが、なんと返したらいいものか奏絵にも見当がつかないのだ。

高笑いして「いやですわ、四方堂社長ともあろう御方が。あんなもの挨拶じゃないですか」とでも言えばいいのか。それだと奏絵がずいぶんと奔放な女になってしまわないか……。

宇目平も出す言葉に困ってしまったらしく、ソファの外側に移動して奏絵に愛想笑いを見せながら手を上げた。

「それじゃあ、湯浅社長、また。最終日までいい成果が出るといいですね」

「はい、ありがとうございます。あっ、社長、タクシーを……」

奏絵は立ち上がりながら気遣うが、宇目平はこれ以上なにも言うなとばかりに眉を寄せて激しく首を左右に振り、店を出て行った。

上手く逃げたようだが、気まずさが残留するこの場に残された奏絵はどうしたらいいのだろう。

チラリと亘を見ると、彼も黙ってこちらを見ている。奏絵はぺこりと頭を下げた。

「あの……四方堂社長、……ありがとうございました」

のではないかと思う。

「……声を……かけてくださって……」

あのとき声をかけてもらえなかったら、事業の将来を考えるあまり抵抗しきれなかった

のではないかと思う。

亘が割りこんできてくれたおかげで助かったのだ。

「タイミングがよかっただけだ。あの男には、ひとこと言いたいこともあったし。俺もスッキリした」

「でも、助かりました。……わたし、どうしたらいいかわからなくて……」

今になって冷や汗が出てきた。あのまま抗うことができなかったらどうなっていたか。

「あ、あの、お礼に、奢らせてもらえませんかっ」

「は？」

「助けてもらってそのままっていうのもアレですから、せめて一杯、奢らせてくださいっ」

「君が？　俺に？」

「……はい」

生意気なことを言ってしまっただろうか。彼からすれば、弱小ベンチャーがなにを強がっているのか、というところではないだろうか。

しかし本当に助かったのだ。――――怖かったから……。

「……あの……昼に……、イチゴのドリンク買ってもらったし……」

奢っても生意気に思われない理由を考えようとして、すぐに出てきたのが昼間の出来事だった。奢ってもらったから奢り返したいのなら、自然ではないかと感じる。

「ドリンクは美味かったか？」

「あ、はい。とても美味しかったです」

「そうか。それなら、俺にも美味い酒を奢ってくれ」

「はい」

ひとまずは断られなくてホッとした。とはいえ考えてみれば彼と二人でお酒を飲むなんて、なんだかすごいことのような気がしてくる。

二人でカウンターへ移動し、それぞれ注文を済ませる。奏絵はフルーツベースで軽めのものを頼んだのだが、亘がスタンダードなジン・トニックだったのは意外だった。もっとカッコつけたものをチョイスしそうなイメージを持っていたのに。

「いつものプレミアムジンでよろしいですか？」

カウンター越しに立ったバーテンダーが亘に尋ねる。いつもの、が気になって彼を見ると、チラッと視線を向けてきた瞳と目が合ってドキリとした。

「いや、今夜は軽めにしたいからハウスでいいよ。こちらのかわいいお嬢さんの奢りなんだ。酔っぱらってカッコ悪いところを見せたくない」

「かしこまりました」

茶目っ気がにじみ出る言葉を聞いて微笑ましげに表情をゆるめたバーテンダーが用意を始める。奏絵はひかえめに尋ねた。

「あの……いつもの、って……。今でもよくいらっしゃるんですか？」

「ときどき飲みにくる。ここはフードメニューもいいものがそろっているから、食事をとる暇がなかったときとか……」

話の途中で言葉を止め、亘は奏絵に目を向ける。彼がわずかに驚いた表情をしている気がして、またしてもドキリとした。

「もしかして、俺のインタビュー記事、読んでくれたことがあるのかな？」

「えっ⁉」

最大級のドキリがやってくる。知られたくなかったことを知られてしまったときの焦りと恥ずかしさは心臓に悪い。

「この話をしたのは……ホテル業界の専門誌だったかな……。学生時代によく利用したホテルバーだってことで、ここの話をした。『今でも』ってことは、過去に利用していたことを知っているってことだろう？　驚いたな。まったく違う業種の専門誌にも目をとおしていたのか」

「はい、それは……」

「もしかして、湯浅さんがよくここを利用するのって、俺のお勧めだから？」

「そ、そんなわけがないじゃないですか。なんでもかんでも自分に都合よく繋げないでください っ」

「そうか？　残念」

如才なく言いアハハと笑う。奏絵は出すべき言葉に迷い、バーテンダーがシェーカーから注ぐ液体を見つめた。

――亘が関係した記事は、異業種の雑誌であろうとネット記事であろうとすべて読んでいる。

憧れて目標にしだしたときから……。打ちのめされて、悔しさをバネにしはじめてからも、今でも、ずっと彼を追っている……。

彼がこのホテルバーを紹介していて、彼のお気に入りだと知ったから利用するようになった。紹介されていたとおりオーセンティックでありながらリーズナブルで居心地がいい。

……奏絵にとっても、お気に入りになった。決して値段と手軽さだけで愛用しているのではない。

しかし、「そうなんですー、四方堂社長のお気に入りだって知ったのでー」とは……照れくさくて言えるはずがない。

カウンターにふたつのグラスが並び、亘が片方を手に取り身体ごと奏絵のほうを向く。

「ポップアップストアの成功と、uniSPACE のさらなる発展に」

――――これは、ズルくないですか……。

「ありがとうございます」

奏絵もグラスを取り、彼に合わせてグラスを掲げる。ふっと微笑む亘の微笑みがまぶしくて目を眇めそうになったのをごまかすため、まぶたをゆるめて視線をそらした。

（この人は……ズルい……）

――――uniSPACE のさらなる発展に。

（そんなことを言うなら、なぜあのとき……突き放したんですか……）

心が痛い。フルーツフレーバーが広がるはずの口腔《こうこう》内が、なぜか苦い味に変わる。

「今回のことで、もしも宇目平不動産がおかしな動きに出るようなら、すぐ俺に言ってくれ。宇目平に用があってここに来たんだが、君が一人で接待しているとは思わなかった」

「接待のこと、ご存じだったんですか？」

「宇目平不動産に問い合わせて聞いた。例のテナントの件、どういうことか本人の口から聞きたくて。君と話しているのを聞いて、察しがついた」

「そうですか……」

不条理な感情が仄《ほの》かに揺らめく。

奏絵を助けてくれたのは本当に偶然だったのだ。彼がここへ来ていたのは、自分が支援するベンチャー企業のため。

彼にこんなにも気にかけてもらえる。……突き放された奏絵とは正反対。

（ああ……いやだ……）

心に砂利が溜まっていくかのよう。ザラザラしたいやな気持ち。こんな感情は持ちたくないのに、目標にした人に認めてもらえなかった劣等感がいやらしく妬む。

「しかし、君も大変だろう。あんな手合いが周囲にわさわさいるんじゃないのか？　若くてイキのいい女社長だから」

確かに、そんなオーラをムンムン出して近寄ってくる輩もいるし、女だと思って軽く扱う輩もいる。

いかにもできる女社長になりきっているのはそのためだ。少しでも弱ったところを見せれば、どこまでもつけこまれるだろう。

「まあ、いることはいますね。でも、そんなの構っていないし平気です」

我ながらの強がりだ。最初のうちは動悸《どうき》と冷や汗がひどかった。しばらく強心剤がなければ出歩けなかったほどだったのだ。

「強気だな」

「仕事が楽しいし、そんなことは考えていられませんね」

「ふうん」

その相槌《あいづち》が、どこか面白がっているように聞こえる。強がりを言っていると悟られているのだろうか。

「仕事がノリにノっているし、結婚願望なんてないんだろうな。結婚してあたたかい家庭が欲しいとか……そんなこと考えるようにも見えないし」

――カチーン……。

弱気になっていた心に小さな火が点り……。

強がりは加速する。

「それでも、わたしは自分のＤＮＡが入った子どもは欲しいかなって思いますね。女性ならではの願望ですね」

そんな意地を張ってしまったことで、状況は大きく変わっていくのである――。

第二章　困惑は快感と嬉しさの裏返し

（わたしは……なにをやってるんだろう……）

ホテルの部屋に入ったときから、いや、バーを出たときから、何度それを考えたかわからない。

視界に入るのはとても広い部屋。お洒落《しゃれ》な腰壁を施された室内にテレビやダイニングセットはもちろん、フラワーテーブルに飾られた華やかな花々、部屋の一角にはバーカウンターまである。

奏絵が座っているソファは大きめで座り心地がいい。目の前に置かれた大理石風のローテーブルの上にはフルーツやトリュフチョコレートがのせられ、当然のサービスですとばかりにシャンパンまで冷やされている。

そしてなんといっても部屋はここだけではないのだ。仕切られた壁の向こうは続き部屋になっていて、そこがベッドルームらしい。

見たわけではない。ドキドキと動悸が激しくてとてもではないが見に行けない奏絵に、亘が教えてくれた。

「そっちがベッドルームだ。そこのソファでもベッドでもどこでもいいから座って待っていろ」

そんな彼はどこにいるのかと言えば、バスルームの用意をしに行っている。

（お風呂……ってことは、やっぱり……そうなんだよね……）

男性と交際経験もない処女ではあるが、男女がコトに及ぶ前には、シャワーを浴びたり入浴したりで身体を綺麗にするという知識くらいはある。……そうとも限らない場合もあるらしいが……。

亘が用意しているということは、やはりそういうことなのだ。そういうコトをするべくしてここに来たのだ。

（わたしは……なにをやってるんだろう……）

いい加減しつこいが、同じことを考えてしまう。

亘の言葉に意地を張った反応をしたばかりに、こんなことになってしまった。強がって啖呵《たんか》を切ったが、結婚願望がないとか子どもだけ欲しいとか、そんなことを考えたことはない。

むしろ普通に結婚できたら夫とは仲よく、子どもがいて安心して暮らせるあたたかい家庭を作りたいと思っているほうだ。

仕事に生涯を捧《ささ》げるシングルマザーになりたいと思ったことはない。だいいち自分にそこまでできるとは思わないし、立派にやれている女性を尊敬する。

――――俺が相手になってやる。

（なに気軽に言ってるんですか！　四方堂社長っ‼）

相手、相手とはつまり、そういう相手だ。子どもを作る前提で相手になってやるということである。

いくら憧れの人だとはいえ、その人と子作りをするなんて、これがうろたえずにいられるものか。

……だが、困ったことに、亘に弱みを見せたくない強がりな自分が「意地を張っただけなんです、ごめんなさい」と言わせてくれそうもない。

というか、亘は本当に本気なのだろうか。よりによって子作りだ。

作る行為に及びたいだけかもしれないが、本当にデキたらどうしようと考えれば、気軽に「相手になってやる」なんて言えるわけはない。

それとも、奏絵が「子どもだけは欲しい」なんて言ったから、あくまでも〝作る相手になるだけ〟と割りきっているのか。

奏絵は頭をかかえてしまうが、その体勢でふっと気持ちが沈んだ。

（……なんか、慣れてたな……社長……）

バーで部屋の手配を頼むところといい、部屋に入ってからもまるで自分の家のようにさっさと歩きまわり、見に行ってもいない続き部屋がベッドルームだと教えてくれるところといい。

バスルームだって、迷いもせずに行ってしまって……。

彼は大学生のころからこのホテルのバーを利用していた。だとすれば、泊まったこともあるのだろう。

この部屋はスイートルームだ。スイートルームでの行動が手馴《てな》れていて室内を知り尽くしているということは……。

頭をかかえた手の指に力が入る。バーにいたときに感じた、ザラザラと心に砂利が溜まっていくようないやな感覚に再び襲われる。

その感覚を、奏絵は無理やり飛び散らせた。

なにを考えこむ必要がある。あれだけ素敵な人なのだ、それこそホテルバーを利用しはじめた大学生時代から、スイートルームに女性と入る機会など数えきれないくらいあっただろう。

彼の立場や年齢を考えれば、ないほうがおかしい。

……まさか、今までも同じような経験があるのでは。

子どもを欲しがっている女性に〝作るだけ〟の相手になってやったことがあるのではな

いのだろうか。

それだから、奏絵にも気軽に協力を申し出ることができた……。

考えすぎかもしれない。けれど、やはりここは「わたしが本気で貴方になびくと思ったんですか」とかなんとか言って毅然《きぜん》と立ち去るべきだろう。

「湯浅さん、用意ができたから先に入っていいぞ」

バスルームから戻ってきた亘が奏絵に声をかける。頭をかかえているのを見ておかしく思ったのか近寄ってくる気配を感じた。

「どうした？　今になって酔いが回ったのか？」

「……社長……、わたし……」

「ん？」

芝居がかった重たい調子で頭から手を離し顔を上げた奏絵だったが、目の前で立ち止まって身をかがめた亘の顔が目と鼻の先にあって、驚きのあまりキョトンと目を見開いてしまった。

バスルームの用意をしてきたという彼は、スーツの上着を脱いだウエストコート姿。ワイシャツの袖を肘までまくり、初めて見る腕は逞《たくま》しくてドキリとする。

それ以上に、憧れ続けた人がこんな至近距離にいるのだというのが信じられない。

「……そういう顔をすると、一気にかわいらしい雰囲気になるな」

クスリと笑われて急激に頬が熱くなる。赤くなった顔を見られるのがいやで、奏絵は亘に背中を向けながら立ち上がった。

「わたし、やっぱりやめます」

「なにを?」

「あ……貴方と……子作りするの……」

言ったとたんに今度は耳まで熱くなった。思うのと口に出すのとではまったく違って、言葉にすると格段に羞恥心をくすぐる単語だ。

「それはまたどうして。子どもが欲しいっていうのは、君の希望なのだろう?」

「それは……そうですけど、でも……こんなところに連れてくるデリカシーのない方はお断りです」

「一流ホテルのスイートルームより、遊び心満載なケバケバしいラブホテルのほうがよかったってこと?」

「ちっ、ちがいますっ!」

土壇場で女性側に拒否されてもまったく慌てる様子のない亘に反して、話題のすべてが恥ずかしく感じてしまう奏絵は、平静を装った声を出すので精一杯だ。

熱くなってしまった顔はどうしようもできないので、せめて毅然とした声を出せるよう振る舞う。

「社長は、ここに泊まったことがあるんですよね？」

「あるが？」

（そんなアッサリ言わないでくださいよっ！）

「ほ……他の女性と、泊まったホテルに連れてくるとか……最悪です。そんな部屋で、気持ちなんか盛り上がるわけがないじゃないですか」

「他の女性……」

「昔のことだからいいとか、そういう問題じゃないんです。わたしからすれば、同じ場所であるのがいやです。ここで社長が別の女の人と……って思うと、悲しくなります」

亘は黙ってしまった。さすがにまずいと思ったのかもしれない。

もうひと押しだ。奏絵はハアッと息を吐く。

「そんな女性の気持ちもわからない人と、子……子作りなんて……」

奏絵の言葉はそこで止まる。——背後から、亘に抱きしめられたからだ。

「……かわいいことを言う」

「しゃ……しゃちょ……」

「他の女を抱いた同じ場所で抱かれるのはいやだなんて、かわいいな。君は」

口はパクパク動くのに声が出ない。大きな腕に抱きしめられて背中が彼の感触でいっぱいだ。腰からお尻まで密着していて恥ずかしくなってくる。

「安心しなさい。ここに連れてきた女性は君が初めてだ」

「はいっ⁉」

予想外の言葉に驚いて思わず声が出る。それも素っ頓狂なトーンだったので、慌ててしまう。

仰天したと言わんばかりの反応をしてしまったのが気まずくて、奏絵は回らない呂律を懸命に整えて言葉を出す。

「で、でも、泊まったことがあるって……」

「それでなぜ女性が一緒だと決めつける。スイートルームに一人で泊まってはいけないとでも？」

「ひ……ひとり……」

「つき合いで遅くなってしまったときや、それこそ先程のバーで友人と飲んでいて相手が潰れてしまったときなんか、今夜のように部屋を取ってもらった。ああ、男の友人だ。心配するな」

「心配なんて……」

「そうだ。心配するな。この部屋で抱くのは、君が初めてだ」

腕の力が強くなって大きく心臓が跳ねる。彼の力強さが沁みこんでくるようで、ドキドキは大きくなるばかり。

おまけに顔を頭にぴったりつけて話をするので、彼の吐息まで感じてしまう。

（なんだろ……ふわふわする）

とてもいい心地だ。純がうしろから抱きついてくることがあっても、こんな気持ちにはならない。

「君がそんなことを気にするとは。嫉妬してくれたんだな。嬉しいよ」

嫉妬なんてしてません、と……言えない。

自分でもわかっている。それは間違いじゃない。バーで感じたのと同じ、ザラザラしたいやらしい妬み。これは嫉妬だ。

逃げる計画はすっかり無駄に終わった。それどころか彼の気持ちを盛り上げてしまった気がする。

困るはずなのに、抱きしめる腕の感触が心地よくて、彼がこの部屋に女性を連れこんだことがないと知って安堵《あんど》する自分がいる。

いきなり身体が浮き上がる。驚いて身体を固めると、亘にお姫様抱っこされていた。

「社長っ……！」

「困ったな、非常に気分がいい」

亘の口調はまったく困っていない。それどころか活き活きして喜んでさえいる。彼はその勢いのまま移動しベッドルームへ入った。

室内は薄暗く、腰壁を境にして横に広がる大きな窓から差しこむ夜空の明かりが室内を浮び上がらせている。メディアなどで目にしたことのある、ダブルよりも大きなベッドがあると確認できた矢先に、彼と一緒にそこへ沈みこんだ。

重厚なスプリングに全身を支えられ、上からは軽く覆いかぶさるように亘が見おろしている。

逃げる隙間は……まったく、ない。

薄闇の中でも威力を見せる秀逸なご尊顔。奏絵を見つめる双眸は艶を放っていて、自分がこの顔を眺めていてもいいのだろうかと狼狽《ろうばい》する。

大きな手に頬を撫でられ、意図せず身体が震えた。

「最高の気分だ……。入浴してからと思ったが、このまま抱いてもいいか?」

「それは……あの……」

なんたることだろう。声まで艶っぽい。亘のほうはすっかり〝そういうムード〟ができ上がっている。

奏絵を見つめたまま、亘はネクタイをゆるめていく。これはいけない。このまま黙っていたらなし崩しにコトに及ばれてしまいそうだ。

「社長っ、やっぱり、シャワーくらいは使ったほうがいいと思うんです……」

「ん?　なぜ?」

「だって、ほら、一日動いた身体ですし、汗もかいてると思うし……」

「問題ない。かえって、味が濃くなっていい」

「味……」

（変態くさいですよっ！　しゃちょうっ！）

そのままの意味か、深読みするべきところか、どちらにも取れる。どちらにしろすごくいやらしいことを言われてしまった気がする。

こういうときはどうしたらいい。「仕方のない人」とでも言って彼の肩に腕を回せば動揺していると気づかれないだろうか。

無理だ。肝心の腕はベッドに押し倒されるというこの衝撃的な出来事を前に、硬直して伸びたまま固まっている。

そもそも……奏絵にそんな強《した》かさは……ない。

「そういうことにこだわるほうなのか？　それなら、シたあとにでも一緒に入ろう」

（一緒……！　いや、いや、もっと無理ですっ！）

「……まあ、君の意識があれば、だけど」

（ナニをどこまでスルつもりなんですかぁ！）

頭はパニックだ。奏絵が対応しきれないでいるというのに、亘は彼女を見つめたままブラウスのボタンを外していく。

胸を暴かれた気配を感じても動くことができない。隠せるものなら隠してしまいたいのに、肝心の手はベッドカバーを強く握って動かない。

このまま亘に身体を委ねてもいいのだろうか。とはいえここまできていやだと言うのもみっともない気がする。

彼に、弱い自分を見せたくない……。

大きな手が首筋を撫で、ブラジャー越しに胸のふくらみの上で広がる。驚くほどビクビクビクッと大きく震えてしまい、その動揺ぶりに我ながら涙が出そう。

「そんな顔をするな……」

亘が困った顔で微笑む。そんな顔と言われても、どんな顔をしているのか自分ではわからない。ただ、焦りで表情がゆがまないように唇を引き結んで奥歯に力を入れていた。

「泣きそうな顔を見せるとは思わなかった。……却下を突きつけられても、気丈に俺を睨みつけて背筋を伸ばしていた君が……」

なんのことを言っているのかはすぐにわかった。

これは、奏絵がまだ亘に希望を持っていたころ、彼のもとへ企画を持ちこんで完膚なきまでに打ちのめされたときのことだ。

(覚えてるの……？)

彼にとっては素人ベンチャーの駆け出しが意気がっているくらいなものだったろうし、

まさかそのときの奏絵の表情まで覚えているとは。

奏絵だって、あのとき自分がどんな顔をしていたかなんて覚えてはいない。

ただ、絶望と落胆で泣きたかった。しかし、ここで泣いちゃいけない。この人の前でなんか泣かない。

――自分を変えるきっかけをくれた、憧れの人の前で泣いちゃいけない。

その一心で、背筋を伸ばした……。

それにしても、この状況を堪えていたつもりなのに泣きそうな顔になっているとは思わなかった。

「後悔しているのか？　俺が相手では不満か？」

「そういうことでは……」

「俺に似た子どもが生まれたら、男でも女でも最高に顔がいいぞ」

「自分で言わないでくださいよっ」

平然と言い放つので、ついムキになってしまう。言葉を出すと声が震えて、本当に自分が泣きそうなのがわかる。

毅然としていたつもりだったのに。気まずさのあまり奏絵の口調は強くなった。

「だ、だいたい……、社長は、わたしのことが嫌いですよね？　なのに……自分を嫌っている人の子どもなんか……産めるわけがないんですよ」

「俺は、君を嫌いだと言った覚えはないが？」

……聞いた覚えも、ない。

しかし、好きでもないと思う。

「わかった。君のことは好きだ。だから、君も俺を好きになれ。そうすれば大丈夫だろう？」

「……は？」

なんだろう……。この、事務的な「好き」は。

「奏絵……」

「ひぇっ⁉」

唐突な名前呼びに悲鳴にも似た声が出る。胸の上にある手の指がブラジャーのストラップを引っ張り悪戯する。なんだか早く取ってしまえと言われているように思えるのは気のせいだろうか。

「子作りをしているときは相思相愛だ。いいな」

「そんな……」

「大丈夫。そんなこと意識しなくたって、自然と俺に溺れさせせてやる」

「ふぇっ⁉」

「いちいち面白い声を出すな」

短く笑った亘の唇が奏絵のそれに重なる。誰かと唇を合わせるのも初めてで、驚きのあまり目を大きく見開いてしまう。まぶたをゆるめた彼の瞳と出会うと魔法にかかったかのようにまぶたが落ちた。

亘とキスをしているという事実が信じられない。しかし唇を覆うこのあたたかな感触は本物だ。

軽く吸いつきながらぱくぱくと口を動かされ、食べられてしまいそうだと思う。亘が顔の角度を変えると、唇が今までとは違う部分を強く撫でていく。

ソフトクリームを食べるときに側面を唇で削ぎ取っていくのに似ている。そう思うと自分がソフトクリームになった気分になる。

(どうしよ……食べられちゃう……)

なんだか恥ずかしいことを考えている気がする。でも恥ずかしいことだとわかるだけで、羞恥心は動いていない。

羞恥の代わりに動くのは、ほんわりとした……心地よさ。

唇を擦り動かされるたびに表面からじわじわとむず痒《がゆ》いものが広がっていく。熱が口腔内に広がって、そこだけ発熱しているかのよう。

ついては離れ、離れてはまた吸いつき。繰り返されながら衣服が奪われていくのがわかる。スーツの上着もブラウスも。気がつけば身体の下から抜き取られていた。

ブラジャーが抜かれた気配がして呼吸が詰まった。ただでさえ呼吸のタイミングが摑めなくて息苦しかったものが、強く打たれた鼓動とともに吐き出される。

「っあ……ハァッ……」

泣きそうな声が出てしまって一瞬の焦燥に見舞われるが、亘は特に気にしていないよう。上半身がすっかり裸になってしまった。腕で胸を隠したい衝動に駆られつつ、それも往生際が悪いだろうか。

幸いなことに、キスをしているおかげで彼の視線は顔のほうにあるので胸を気にする必要はないだろう。

「ちゃんと息をしないと、飛ぶぞ」

クスリと笑った亘が顔を離し、親指で奏絵の唇をなぞる。指で擦られているのに、唇はまだ先程のキスが続いていると思っているかのよう。

くすぐったくて、ゾクゾクする。

「やっぱり、真っ赤じゃないほうがいい」

「え……？」

「口紅。こうして色が落ちた君の唇は、もとの顔にマッチしててとてもかわいらしい。……無理に、強く見せようとしている雰囲気がない……」

ドキリとした。どうやらキスをしているうちに口紅が落ちてしまったらしい。食べるようなキスは、本当に口紅を食べていたのだ。

ドキリとしたのは、口紅が落ちた顔を見られたからではない。

——強く見せようとしている雰囲気がない。

強くあろうとする自分を、見透かされているような気がしたから……。

亘が上半身を起こす。膝立ちの状態で自分の服を脱ぎはじめ……たのはいいが、彼の目は奏絵を見つめていた。

薄闇の中で彼の視線を感じる。それも顔にではなく上半身。おそらく彼は胸のあたりを見ている。

視線が気になって、奏絵も亘から目が離せない。ウエストコートを脱いだ彼はネクタイとブレイシーズを外し、なんのためらいもなくシャツを脱ぎ捨てる。

仕事で純の着替えはよく見るので男性の裸を見たことがないとは言わないが、奏絵が見てきたそれとはまったく段違いの男っぽさを感じる。

「ぁわ……」

唇が震え、急速に顔が熱くなった。なんなら半裸姿を見られているより恥ずかしい。

顔ごと視線をそらしベッドカバーを握り直して……密かに両脚をキュッと閉める。なぜか、腰の奥が小さく引き攣《つ》った。

「どうした？　恥ずかしいのか？」

「べ、別に……恥ずかしくは……」

「そうか、よかった。それならこっちも脱ぐか」

防ぐ間もなくスカートが脱がされ、続いてストッキングに手がかかる。

「ちょっ……！　ぁのっ……」

反射的に膝を立てるがかえってそれは都合がよかったようで、なんたることかショーツごとスルッと脚から抜かれてしまった。

「しゃ、社長っ……いきなりすぎまっ……！」

膝を立てたまま横に倒し、いまさらだが両腕で胸を隠して身体をひねる。しかしすぐにその手首を摑まれ胸から外されて顔の横で押さえつけられた。

「恥ずかしいの？」

「恥ずかし……」

……い、と言ってしまっていいのだろうか……。

「恥ずかしいんじゃないですっ。いきなり全部脱がせるとか、それはどうなのかと……」

「そうか、わかった。それなら」

亘はサッと離れて身体を起こし、自分のトラウザーズに手をかけた。

「俺も脱いでしまおう。俺だけじっくり見ていたら不公平だし。奏絵にもじっくり見てほしいし。これから子作りする仲なんだから、身体の隅々までわかり合わないと」

「いや、そんな、じっくりとか……そ、そんな早急に脱がなくていいですって！」

両手を伸ばしてぶんぶんと手のひらを振る。トラウザーズを腰から落としかけたところで手を止め、亘が再確認をしてきた。

「恥ずかしい？」

「……は、はずかし……」

またもや言いよどむ。が……亘が腰を突き出して見せつけるようにトラウザーズを下げる素振りをし……。

「恥ずかしいです！　いきなり見せないでくださいっ！」

「そうだよな。処女だから、いきなりは恥ずかしいよな。当然だ」

「はいっ！　処女だから恥ずかし……！」

そこで言葉が止まった。おそるおそる亘を見ると、彼は奏絵に軽く覆いかぶさり顔を近づけてニヤリと嗤う。

「やっと正直に言った。処女だって」

「あ……の……」

口はパクパク動くものの言葉にならない。前髪を掻《か》き上げるように頭を撫でられ、ひたいに彼の唇が落ちてきた。

「意地張りすぎなんだよ。処女なら正直にハジメテなんだって最初に言え」

「ど……どうしてわかったんですか……」

「キスをして息もできなきゃ、ちょっとさわったくらいでビクビク震えて泣きそうな顔をして。……わからないわけがないだろう」

「あ……」

自分では気づかれないように頑張っていたつもりだったのに。思い返せば彼の言うとおりだ。自分ではわからなくても、泣きそうになっていたり過剰に反応したり……。

「別に俺は、二十五にもなって処女なのはおかしいとか馬鹿にするとか、そういう気持ちはないから安心しろ」

「すみませ……ん」

「最初にこの部屋はいやだとかなんとか理由をつけてやめようとしたのは、それを気にしたからか？」

「あれは、違います。逃げようって目的はあったんですけど……、社長が、……女の人と使った部屋なら、いやだなって……。そのほうが本音で……」

これはもう正直に言ってしまったほうがいい。笑われて馬鹿にされるかもしれないが、処女だとわかれば「子どもは欲しい」なんて言ったのはただの勢いだろうと察してくれるかもしれない。

「ハジメテだって言ったら、いつも生意気な顔して大人ぶってるくせにって、笑われるような気がして……。社長に、弱いところを見せたくなかったんです、ごめんなさ……」

亘の唇が重なってきて言葉が止まる。彼のそれはすぐに離れ、面映ゆくなごんだ双眸とともに微笑んだ。

「君は……無自覚に言っているのか？」

「え？」

ドキリと高鳴った胸の奥が、きゅうっと絞られる。見たことのない表情を見てしまうと鼓動が乱れて自分でも困るくらい。

「笑うわけがないだろう。馬鹿だな」

亘の顔が横に落ち、甘い声が耳朶《じだ》を打つ。

「わかった。優しくする。安心しなさい、俺に任せて」

「社長……？」

「君の希望は、絶対に俺が叶《かな》えよう。むしろ他の男に君の相手になる権利なんか渡さない」

「あの……」

「希望どおりになったあかつきには、君が望むなら認知もするし養育費も出す。いや、ぜひそうさせてくれ」

「い、いや、その……しゃちょ……アンッ……ぁ、あのっ……」

話をどんどん進める亘だが、そんな話をしながらも彼は確実に次の段階に入っている。言葉を出す唇で奏絵の耳を食み、吐息で耳孔を満たしていく。

「やっ……ァっ」

信じられないが、これがなんとも心地いい。耳から微電流を流されているかのよう、首筋からうなじまでゾクゾクする。

「安心しろ、君から子どもを取り上げるようなことは絶対にしない。けれど、月に一度くらいは会わせてくれ」

話がノリにノって、とうとう生まれたあとの話にまで及んでいる。彼の先走りすぎも気になるが、耳から発生する刺激と、ゆるやかに揉みほぐされはじめた胸のふくらみのほうが気になる。

「……本当は……そんなまどろっこしいことはしないで……とは思うが……。君は、いやなんだろうな……」

耳朶を食まれ胸を強く揉み上げられて、感じたことのない感情が一気に噴き出す。

「——アッ……！　んっ、ン……」

大きく身悶えると上半身が亘の肌に擦れ、摑まれていないほうの胸と触れ合う。それだけなのにへその奥がむず痒くなった。

「感度はいい。素直に感じていなさい」

「ん……ぁ、社長……」

「社長、はいただけないな。気分がのらない。名前で呼んでくれ」

「でも……アッぁ……！」

大きな手に揉み動かされる胸のふくらみが、いやらしい生き物のように形を変える。彼の指が胸の頂をかすめた瞬間、えもいわれぬ刺激が走って切ない声が飛び出た。

それが気に入ったのか亘は何度も同じ場所を擦っていく。そうされるたびに切ない声が漏れた。

「社……長、そこ……」

「ここ、気に入ったか？」

「ひゃっ……」

頂をつままれ、また違う刺激にビクンと震える。何度も繰り返され、そんなに強くつままれてはいないのに胸の奥から知らないざわめきがあふれてくる。

「ンッ……ん、やぁ……」

「気に入ったみたいだな」

「そんな……ことな……ぁっ、ぅん、ンッ」

「強がらなくていい、ちゃんとわかるから」

そう言われてしまうと、必死に否定しても意味がないような気になってくる。恥ずかしいから「違う」と言っても彼には身体の反応から奏絵の状態がわかるのだろうし、否定すればするほど強がりを彼に悟られるだけ。

「わたしが……よくわからなくて困ってるのに、……んっ、ん……どうして社長がわかるんですかぁ……」

「奏絵」

強い口調で呼ばれてドキリとする。社長と呼んだので怒ったのだろうか。名前で呼べと言われたばかりだ。

（そんな、いきなり呼べるわけないのにっ）

顎を押さえられ、亘と視線が絡まる。ごくりと空気を呑むが、真摯な表情から憤りではないものが伝わってきた。

「よけいなことは考えるな。俺に集中しろ」

「社長……」

「よけいなことを考えるからわからないんだ。子作りのときは相思相愛だって言っただろう。相手のことを考えなくてどうする。俺がやることに集中しろ。俺のことだけ考えろ」

胸の奥がぎゅんぎゅんして痛い。こんな顔で「俺のことだけ考えろ」なんて言われたら、鼓動が大きくなりすぎて弾けてしまいそう。

奏絵が黙って亘を見つめ返しているので理解したと解釈したのだろう。顎を押さえていた手が離れ、もう片方のふくらみを寄せ上げた。

「さわっているだけで気持ちのいい肌だ。ずっとさわっていたい」

「そんな……、ぁっ！」

両方同時に揉みしだかれ頂を指で擦られる。擦ると言うよりは、そこから飛び出してきている突起を弾いていると言ったほうがいい。

「アンッ……や、ぁ」

弾く力がだんだん大きくなっていく。左右に揺らしては指の腹でこねまわし、突起をグッと肌に押しこめながらすり潰す。

「やっ……社、長ぉ……ハァ」

亘に刺激を加えられるたびに肩が小さく震える。呼吸が不埒に乱れて、胸全体に広がる熱で背中が汗ばむ。

再び突起をつままれたときには先程とはまったく違う刺激に見舞われた。比べものにならないほどの愉悦が渦巻き、鼓動が昂《たか》ぶる。

「あっ、ァぁ……！　やぁっ……アン！」

吐息とは違う、明らかに快感を伴った声が出てしまう。恥ずかしいと思う間も与えられないままその行為は続けられ、奏絵も声が止まらなくなった。

「ハァ……ぁっ、そこ……あぁん、……」

「気持ちいいんだろう？　ここも硬くなって、つまみやすくなった」

胸の頂上で勃ち上がる突起をつままれ、優しく撫でるようにこねられる。彼の手つきはおだやかなのに、そこから伝わってくる刺激は荒波のように全身に流れていく。

彼の指に身を委ねる小さな粒は腫れぼったく膨らんで大きくなっている。自分の身体の一部であるはずなのに、初めて見る光景だった。

その片方に亘が吸いつくと、指とは違う濡《ぬ》れた感触に悩まされる。ねっとりと舐め上げられ、芯を持った先端を転がされた。

「ぁ、ひゃぁ……んっ、やぁぁンッ……」

「かわいい声が出るな……。いつも毅然としている君の声とは思えない」

「ンッ、ん、やぁ……あぁぁっ……！」

反抗しようとしてもまったくできない。言葉を出す亘の吐息が突起にかかるだけでゾクゾクっと刺激に見舞われる。

奏絵の反応を面白がるように、亘は唇を回しながらジュルジュルッと吸いたてる。まるで自分の身体を貪り食われているかのようなのに、あふれてくるのは恐怖ではなく羞恥にも似た悦びの感情。

「ぁあンッ……ダメ、そこ、ダメェ……」

先端からムズムズした感覚が落ちてくる。腰が悶え動いて自然と太腿を擦り合わせていた。

「こっちは駄目か？　わかった。それならやめよう」

ずいぶんとアッサリ理解してくれる。安堵する気持ちと残念さがせめぎ合い、自分がどちらを求めているのかわからなくなる。

「奏絵は、こっちが気になるんだろう？」

強く閉じていたはずの両脚がほどけて、意識したときには片脚を亘の脚で押さえられ、もう片方の膝を立てられていた。

「あっ……！」

「やっぱり……。モジモジしているから、そうだろうなとは思った」

ほどけた両脚の中央を亘の手が撫で上げる。上半身を起こし、そこを軽く掻くように彼の指が動いた。

「ぁっ、ハァ、……あっ！」

不規則に指を動かされて秘部のあちらこちらに刺激が走る。まるでくすぐっているような指使いだが、奏絵に伝わるのはくすぐったさではなく言葉にしにくい刺激。

「ンッ……フゥ……ん、や、あぁ……そこ、あっ……」

「気持ちいいか？　べっちゃべちゃだ」

「べっちゃ……って……ぁぁんっ」

いやらしい言いかたをされた気がして反論を試みようとするも、気がつけば彼が言った言葉と同じ音が脚のあいだから聞こえてくる。

「ああっ……やぁ……」

気がついてはいた。キスで体温が上がりはじめたときから、下半身が汗をかくように潤っていたのだ。

胸をさわられて、なぜか下半身がもどかしさでいっぱいになって、腿を擦り合わせただけでぐちゅりとした感触に襲われていた。

「あれくらいでこんなに感じて……。嬉しいよ」

「社……長……」

亘に知られたら恥ずかしい。そう思っていたはずなのに、彼に嬉しいと言われると奏絵まで嬉しくなってくる。

「それじゃ、ご褒美」

「え……、あっ！」

なんのことだろうと考えるより先に、指が触れていた場所に違う感触が訪れる。ぬたりとした生あたたかいものが撫でつけられ、奏絵は大きく腰を震わせた。

「ぁぁぁンッ……！　ハァ……」

押さえられていた片脚も膝を立てられ、内腿を広げた中央には亘の顔があった。秘部を舐められているのだと思うと焦ってしまい、奏絵は慌てて亘の頭を押して離そうとする。

「ダメっ……社、長ぉ……ん、ンッ……」

しかしそれで離れるわけもなく、むしろ彼は顔を進めて押される力に対抗する。

「アッ……はぁ……あっぁぁ……」

ぺちゃぺちゃと水を舐め飲むような音がたち、妙に卑猥に聞こえる。むしろワザとたてているのではないかと疑うほどだ。

だがこれがワザとではないことは奏絵自身が知っている気がする。亘に触れられているのだと思うだけで官能に火が点り、その熱さでどんどん潤っていくのがわかる。

あふれ出る蜜泉に戸惑って腰が上下にうねってしまう。

官能の熱にあてられてなにも考えられなくなってくる。伝わってくるこの愉悦だけを、身体が受け止めたがっているのがわかった。

「しゃ……ちょ……、ダメぇぇ……ぁあっ……」

わかってはいるが、今はその気持ちに流されるわけにはいかない。これは、あまりにも申し訳ない。

奏絵は亘の頭に添えるだけになってしまった手で彼の髪を摑み、首を左右に振った。

「ダメ……ダメェ……そんなこと、しゃちゃぁ、……あぁん……」

「ん？　気持ちいいだろう？　舐めても舐めても奏絵の汁が出てくる。気持ちいいって証拠だ」

「そうかも……しれないけど、ダメなんですぅっ」

「どうして」

「だって……だって、お風呂入ってな……ぃ……」

口にしたら急に恥ずかしくなってきた。自分でもさわったことがないようなプライベートな部分。そこを別の人間に見られさわられ、あまつさえ舐められるなんて恥ずかしくないはずがない。

見られさわられ舐められるとわかっていれば、せめて綺麗にしておきたいと思うのが普通ではないか。

きっとわかってくれる。と……思ったのに、なんたることか亘は蜜口に喰いつくように唇をつけ、派手な音をたててすすり上げた。

「あっ……！　やっ、やぁ……しゃちょ……ぉ、あぁぁっ！」

「つまらんことを気にするな。奏絵の味が濃くなっていいって言っただろう」

「あ、味……やっ、ぁあんっ……よけいに恥ずかし……アンッ！」

「恥ずかしくない。つまらんことを言ったからお仕置き」

「やぁあっ……あっ、ぁ！」

吸いついてはやめ、奏絵に忠告をしてはまた吸いつき、亘は唇と舌で秘部を貪る。

派手にすする音や舐めしゃぶる音が、止まらなくなった奏絵の啼き声と交じり合ってさらに卑猥な雰囲気を作りだす。

そこに反応した官能が肌を火照らせ、にじみ出る汗と一緒に羞恥心も噴き出していってしまう。

「ぁふっ……ゥン、んっ……気持ち……ぃ……あっぁ！」

感じるままに気持ちいいと言いかけ、あえぎ声の中に溶けていく。言ってしまうにはまだ戸惑いがあるものの、口にしたら亘が喜んでくれる気がした。

秘裂を大きく舐め上げた舌が攻める場所を上へとずらした。今まで避けられていた快感の塊に触れられて、奏絵の腰が大きく跳ねた。

「ひぁっ……あっ！」

秘丘を咥えるように舌を伸ばした亘が、ざらつく表面で秘芽を押し潰す。周囲の敏感な粘膜とともに執拗に嬲った。

「やっ……！　ハァ、ああっ……！」

強い刺激に膣口《ちつこう》が収縮する。腰は浮いたまま戻らなくなり、彼の髪を掴んだ指には力が入った。

「ダメ……ダメェ……ああっ、そこ、ヘン……ん、ンッ！」

なにも知らない初芽は亘から与えられる刺激を従順に受け取る。それを全身にまき散らし、さらに求めて彼の舌に懐いた。

体温が上がって血流が速くなる。亘に舐められている部分から身体が溶けてしまうのではないかと朦朧と思った瞬間、唐突に目の前で光が弾けた。

「あぁぁっ――――!」

ずくん……と腰が重くなって、脚のあいだに力が入る。のどを反らせてまぶたを強く閉じると、暗闇の中で火花が散った。

快感に堪えていた脚がつま先を立てたまま震えている。もてあそんだ秘部から顔を離し、亘は震える脚を宥《なだ》めすかしながらゆっくりとベッドに伸ばしてくれた。

「イイ子だな。奏絵」

太腿から膝頭に向けて唇が這っていく。強い刺激に翻弄されたあとの柔らかな刺激。妙に心地よくて蕩けてしまいそう。

「ちょっと驚いたか?　でも、ちゃんとイってくれて嬉しいよ」

まだ閉じているまぶたの上にキスが降る。くすぐったさに小さく肩をすくめ、笑みが漏れた。

「気持ちよかったか?」

まぶたのそばで囁く声。唇がかすかにまつ毛に触れるのか、まぶたがくすぐったい。達したらしい余韻ですごくいい気分だ。

その気持ちのままこくりとうなずくと、亘が嬉しそうに小さく笑う。

「そうか。……よかった」

長閑な声音から、彼が喜んでくれているのが窺《うかが》える。余韻のおかげもあったけれど、素直にうなずいてよかった。

「そのまま待っていて」

亘がベッドを下りた気配がする。まさかこのまま置き去りにされることはないだろうが、ちょっと心配でまぶたを開いた。

背中を向けてベッドサイドに立った亘は、おもむろにトラウザーズを脱ぎはじめる。反射的に顔をそむけかけて……すぐに戻した。

広く逞しい背中。薄闇の濃淡が、肩甲骨や三角筋を強調する。

撮影の関係で純の背中はよく見るが、同じ男性でもまったく違う。

(……綺麗)

ふいに襲った感情が、ゾクゾクっと肌を粟立《あわだ》たせる。こともあろうにへその奥が引き攣り、腹部を引いて息を詰めた瞬間脚のあいだで潤いがあふれた。

「ンッ……!」

反射的についうめいてしまう。当然、亘が振り向いた。

「どうした?」

「い、いいえ、なんでも……」

貴方の背中に見惚《みと》れて興奮してしまいました……なんて言えるものか。ごまかしたところ、亘が「ああ、そうか」とわかったように呟くのでドキッとした。

「これだろう？　やっぱり心配か？　そうだよな」

なにかを指に挟んで見せてくれるが、小さくてよくわからない。それを持ったまま前を向いた亘がなにやらごそごそと手を動かしている。

もしかして……いやでも……と予想を戦わせているうちに彼が身体ごと振り返り、反射的に顔をそらした。

「そんなにあからさまに避けるな」

「で、ですが、見えてしまいますから……」

「……普段の君は、男の裸を見たって一ミリも動じませんって顔をしているのに」

奏絵は言葉が出ない。そういう自分を作らなければやっていけなかった。無理をしているのは、自分が一番よくわかっている。

「そんな君にしてしまったのは……俺なのかな……」

亘がベッドに上がってくる。彼の言葉に驚いて顔を向けると、憂いがにじんだ双眸と出会って心臓が停まりそうになった。

（どうして……そんなこと……）

おまけに彼の切なそうな顔なんかを見てしまうと胸がきゅうっと締めつけられて、本当に心臓が停まりそうだ。

「ほらこれ」

そんな奏絵の目の前に、開封済みの四角い包みが現れる。亘が横に動かすのを目で追い、置かれたそれを凝視した。

もしかして……と予想したとおりのものがそこにある。奏絵は目をぱちくりとさせてしまった。

「心配するな。ちゃんと着けたから」

「本当に……」

「なんならさわるか?」

「結構です!」

「だから、あからさまに避けるな」

亘はアハハと笑いながら奏絵の両脚を開いていく。彼は笑うが、奏絵は戸惑わずにはいられない。

彼が着けたから安心しろと見せてくれたのは、避妊具のパッケージだ。

子どもだけは欲しいという奏絵の希望を叶えると言っていた彼が、自ら避妊具を着けるというのはどう考えたらいいのだろう。

やはり、奏絵の子作りの相手になるのはいやだけど、ここまでしてしまっている以上最後までシたい、ということなのだろうか。

（シたいだけ……なのかな……）

子どもが生まれたあとのことにまで彼が言及していたときは困惑していたのに、やることはヤって子作り相手は辞退するかのような気配を感じると、急に裏切られた気分になる。なんて勝手なんだろう。

「そんな泣きそうな顔をするな」

軽く覆いかぶさってきた亘が、奏絵の前髪を掻き上げながら頭を撫で顔を近づける。泣きそうな顔をしていたのだろうか。自分ではまったくわからない。

「ハジメテなのに、いきなりナカに出されるとか、いやだろう？」

「え……？」

「意地張って最初から飛ばすな。ハジメテはハジメテらしくしてりゃいいんだ。優しくするって、約束したし」

「社長……」

奏絵が処女だから……。亘は気遣ってくれたのだ。いくら子作りをするという名目で身体を重ねるのだとしても、最初くらいはと……。

「どうして……ですか？」

奏絵は亘を見つめ、震える声で問いかける。

「社長は……私が嫌いですよね……」

「奏絵」

諫めるように呼びかけ、亘は奏絵のひたいにキスをする。

「身体を重ねているときは、相思相愛だ」

最初に言われた言葉を再度言い聞かせられ、奏絵は言葉が出なくなる。

彼は自分が嫌いだ。そう思って困惑していても……心の奥底では、彼に抱かれることを、こうやって優しさをもらえることを喜んでいる自分がいる。

彼に触れられて快感を得られることが……嬉しい。

「俺に集中して、俺のことだけ考えろ」

両脚のあいだに、指とも舌とも違う熱を持った塊が押しつけられる。膣口の周囲を撫でまわしたっぷりの蜜を絡めたそれは、切っ先で入口を広げた。

「ンッ……！」

「あ……ハァ……」

蜜口が、というより、なぜか脚の付け根が引き攣る。まるで筋が張っていくかのような苦しさ。

「痛いか？」

「……んっ……あ……ぅ」

声が上手く出せない。答えたいのに、声を出すとそれだけで苦しくなりそうで……。

メリメリと膣口を軋ませて亘が進んでくる。奏絵の顔を見つめながら少しずつ動くので、表情の変化を探っているのだろう。

痛がったり苦しがったりしたら亘が心配してしまう。奏絵はなるべく表情を変えないよう、口で息をしながら不思議な痛覚に堪えた。

彼が隘路《あいろ》を拓くたび、なぜかそこではなくへその奥がチクチクする。膣内が押し上げられて胸が詰まる。

「んっ……ハァ……あ、ぁ……」

「奏絵……俺に抱きつけ……」

抱きつきやすいようにか、亘が軽く密着する。奏絵に体重をかけない体勢になっているのがわかって、ちょっと申し訳ない。

片手を掴まれ彼の肩に回される。もう片方の手も同じようにされると、抱きついている形になった。

「ンァッ……ぁっ！」

ググッと進んできた熱塊に驚いて、声をあげながら亘にしがみつく。とっさに入れてしまった力をゆるめようとすると、また熱が前進してさらに力を入れてしまった。

「そのまま……しがみついていろ……。爪を……立ててもいいからな。痛かったら、力を入れて……」

「そんなことできな……」

言いかけてハッとする。亘の声がどこか苦しそうだ。

息を押し殺して、普通に話そうと無理をしてくれているのがわかる。「ンッ……」とうめいては少しずつ腰を進めゆっくりと息を吐く。

（社長も……苦しいの……？）

奏絵がハジメテだからだろうか。奏絵を苦しくさせないよう、破瓜《はか》の痛みでつらくさせないよう、気遣ってくれている。

未開の隘路を初めて拓く剛直は、きっとなにも考えずに進むのなら一気に貫き通すほどの力があるに違いない。

それをあえて、奏絵の様子を窺いながらゆっくりとほどこうとしてくれているのだ。

直接見たわけではないけれど、亘だってかなり昂ぶっていたのだから肝心な部分も滾っているに違いないのに……。

自分が思うまま感じたいはずなのに……。

奏絵が……ハジメテだから……。

（社長……）

奏絵は亘の身体に回した腕に力を入れる。進もうとしていた滾りが一度止まり、大きな手が奏絵の頭を撫でて慰めた。

「頑張ってくれて、ありがとう」

涙が浮かぶ。身体を重ねているときは相思相愛。それを守ってくれているのだろうが、彼の優しさが嬉しくて……でもこのときだけのものなのだと思うと……さびしくて……。

「しゃちょ……いいから……」

「なに？」

「いいから……思いっきり……挿《い》れて、いいから……」

どう伝えたらいいものか自分でもよくわからず、思いつくままに言葉を出す。違う言いかたがあるだろうとは思えど考えている余裕がなかった。

「しゃちょ……ぅ、そんな、ゆっくりだったら……つらいんでしょう……？　いいから……社長が、気持ちいいように……挿れて……」

「奏絵」

困ったように笑う亘と視線が合う。片方の太腿をゆっくりと撫でられた。

「そう思ってくれるなら、もう少し力を抜いてくれるか」

「ちから……？」

「そう。思いっきり挿れたいのはやまやまなんだが、ハジメテの奏絵のナカがきつくて、なかなか入っていけないのが本当のところなんだ」

火照っているのとは違った理由で顔が熱くなる。なんだかすごく恥ずかしいことを言われている気がする。

「キツイし熱いし、全部呑みこまれたらどんな具合なのかと非常に胸が躍るんだが、これが強敵で……。でも、奏絵が思いっきり挿れていいって言ってくれたから頑張ろうかな」

「ぁわ……」

自分自身もすごく恥ずかしいことを言ってしまった。しかしそれを後悔する頭がない。

「だから、力を抜いて、奏絵」

太腿を優しく撫でてくれる手が気持ちいい。まるでマッサージでもされているよう。

意識して力を抜こうとすると、繋がった部分がずくずくしているのまで強く感じてしまう。それでもなんとか力を抜こうと努めた。

「いいな……とてもいい。上手だな、奏絵」

(……褒められた……)

ぽわん……と、まるでシャボン玉のように幸せな気持ちが浮き上がる。

憧れ続けた人に褒められてもらえるなんて……。一番褒めてもらいたかったときに褒めてもらえなかった悲しさも、つらさも、意地になった気持ちも、消えてしまいそうだ。

「さすが……やっぱり、君は優秀な女性だ」

恍惚とした声は、亘が心から喜んでくれたのだと奏絵に知らしめる。その声に扇情されて気持ちが高揚したとき、亘が腰を奥まで進めた。

「はぁっ……あっぁ……！」

とっさに彼に抱きつく手の指に力が入る。ずりずりと大きな質量が自分の中を突き抜けた気分だった。お腹の奥まで到達したそれは、細波のように甘い電流を全身に流す。

「ぁぁあっ……しゃちょ……」

「亘だ」

まだ苦しげではあったが、亘が顔を上げて奏絵を見つめる。

「名前で、呼んでくれ。君と繋がれたことを……喜びたい。……君に許された最初の男なんだと、思わせてくれ……」

熱い眼差しに蕩けてしまいそう。先程まで感じていた膣口のずくずくとした鈍痛も、未知の心地にすり替わっていく。

「わた……るさ……ん……」

彼を呼びたい。身体が自然と求める。

「亘、さん……」

彼の名前を呼んで、それを許されたのだと感じたい。

「亘さん……」

「イイ子だな、奏絵……」

ゾクリ……とした。今まで何度も名前を呼ばれているのに。自分の呼びかけに応えてくれたのだと思うと特別ななにかを感じてしまう。

「……亘さん……」

「奏絵」

囁き合った唇をふさがれる。彼に任せるまま無防備な舌を搦め捕られた。胸のふくらみを摑み上げ、ゆったりと揉みしだかれる。

「ん……ふぅ……ぁっ」

「わかるか？　しっかり入ってる」

亘がわずかに腰を左右に動かすと、触れ合った恥骨が押される。彼と密着している。隙間がないくらい繋がっている。それも、こんな恥ずかしい部分で……。

そう考えると羞恥が疼く。腰の奥がきゅんっと飛び跳ねた。

「こら、無意識か？　締めるんじゃない。がむしゃらに動きたくなるだろう」

「いい……ですよ……。亘さんが、したいように……シて……」

「またそうやって煽る。最初から無理なことをして君に嫌われたくない」

煽っているのは彼のほうだ。優しい言葉をかけられるたび、感情も身体も彼に服従してしまう。

「少しずつ動くから、つらかったら言ってくれ」

「はい……」

　こんなことに確認を取ってくれるなんて。いくら相思相愛の時間だからとはいえ、なんて優しいのだろう。

　この人にこんなに優しくしてもらえるなんて……。どうなることかと思ったけれど、これだけでも、子作りの話にのってよかったかもしれない。

「ただ、つらい、って言われてもやめる自信はないから。それだけは覚えておいてくれ」

　ちょっとおどけた口調で言われたせいか、奏絵は小さく笑ってしまった。

「言う意味がないじゃないですか」

「気持ちいい声を出すのに夢中で、言う暇はないと思うけど」

「なんですか、それ……ぁんっ」

　文句を言おうとした先から甘い声が出てしまう。揉みしだかれていた胸の頂をつままれ、親指と人差し指で擦り合わされた。

「あっ、ぅんっ……ンッ」

　胸を愛撫しながら、亘はゆっくりと動きだす。小刻みだった抜き挿《さ》しは、彼が言ったとおり少しずつ大きくなりリズムがついてきた。

「ぁハァッ……あっあ、……ぅんん……」

奏絵を安心させるためにおだやかにしていたらしい表情が真顔になっている。初めのうちからそうだったが、奏絵の変化をシッカリ見ながら先へと進んでいく彼の気持ちが嬉しい。

大きく腰を引き、奥まで突き挿れる。動きが大きくないときはそれほどでもなかったが、長いストロークで動かれると蜜路を潤す愛液がじゅぶじゅぶと淫らな音をたて、気まずいような恥ずかしいような。

「んん……やぁん……」

「すごい音がするな。ベッドがぐちゃぐちゃだ」

「ぁんっ……ごめんなさ……汚しちゃって……」

勢いのまま押し倒されそのまま始まってしまったので、ベッドカバーの上で抱かれていた。破瓜の際に出血することもあると聞くし、汚してしまったかと思うと申し訳ない。

「そんなこと気にするな。奏絵が俺に感じて受け入れてくれた証拠だ。なんならベッドスローごと持って帰りたい」

「だ、駄目っ、そんな……ひぁんっ！」

すくい上げるように腰を振られ、今までの抜き挿しとは違う刺激に腰が跳ねる。奏絵のあえぎ声が柔らかくなってきたせいか、亘の動きが大胆になってきた。

蜜窟の中で彼の切っ先があちこちにあたる。縦横無尽に打ちこめられ、初めての侵入者に戸惑いつつ与えられる快楽に粘膜が歓喜する。

「あぁっ……！　ハァ、あっ、ダメ、ぁ……あた、るのぉ……！」

「あてているの、わかるか？　ちゃんと感じられて、奏絵の身体は優秀だ」

「んっ……ン、亘さ……ぁん……ああっ！」

「声、かわいすぎ」

亘が上半身を起こすと彼に巻きつけていた腕が滑り落ちる。堪えるために彼を求めていた腕は、今度は快感が欲しくて伸ばされる。

「亘……さぁん……、手……にぎってぇ……」

「いいよ」

優しく囁かれるだけで胸がギュンギュンする。だんだんこれは夢ではないだろうかという気になってきた。

奏絵の脚を両肩に預け、伸ばされた手を取って亘は腰を振りたてる。突きこまれるのと同じリズムで身体が揺さぶられ、彼の力強さが官能を支配する。

「あぁぁ……あっ！　やっ……やぁぁん」

自分が自分ではなくなってしまったかのようだ。貫かれて甘い声を出して、心も身体もどこまでも彼を求めて感じようとしている。

呼吸が荒くはずみ、喜悦の声が止まらない。つい数分前までなにも知らなかった身体は、

亘を求めて悶え上がる。

「亘さ……、わたるさぁん……、んっぅん……」

「引っ張られる……。もっと入ってきてって言われているみたいだ……。いやらしいんだな、奏絵」

「やっ……やぁん……！」

「でも……奏絵に求められているって思うと、すごく嬉しい」

奏絵を見つめる亘の眼差しは情熱的で、見つめられているだけでゾクゾクと肌が粟立っていく。

貫き、掻きまわし、トロトロに蕩けそうになっている蜜壺を蹂躙する雄茎が、愛おしく感じて堪らなくなってくる。

「あぁ……あっ、わたし……ぅんっ……」

「なに？」

「おかしい……おかしくなる……、こんな……に、され……たら……あぁっあ！」

自分がわからなくなるくらい乱されているのに、それが嬉しいなんてどうかしている。

未開通だった隧道《ずいどう》をずぶずぶに犯されて、張り詰めた剛直が引かれるたびに蜜液を噴き出して。

お尻の下どころか腹部まで快感であふれさせたものでべちゃべちゃにして、そんな痴態をさらしても、まだ亘がくれる快感を欲している。

「いいよ。なりな」

繋いでいた両手を放し、亘は奏絵の両手を彼女の腹部で押さえる。空いた片手で彼女の胸の上で揺れ動くふくらみを揉みこみ、興奮して勃ち上がった乳頭をひねる。

彼女の希望を叶えようとするかのように、腿を密着させながら強く内奥を穿った。

「あぁぁ！　ぁ、ぅん、ダメェっ……！」

「おかしくなっていい。素直におかしくなれ」

「やっ……やぁぁ、亘、さぁ……んっン……！」

「本当は、奏絵のナカがヨすぎて、俺のほうがおかしくなりそうだ」

自分の劣情を口にして、亘は激しく腰を振りたてる。大きく揺さぶられ揉みまわされる乳房は、そのまま握り潰されてしまうのではないかと思えるくらい彼の手の中で形を変えた。

「ダメ……やぁぁっ……！　ヘンになっ……あぁんっ！」

とめどなくあふれてくる快感のせいで、自分が自分ではなくなっていく気がする。それが怖いのに、亘は奏絵をおかしくしてしまおうと蕩けきった蜜窟を蹂躙してくる。

「いいから、一緒にヘンになろう……」

「わたるさっ……！」

亘も限界だったのかもしれない。激しい抽送が奏絵を快感に酩酊させ絶頂に叩きこむ。

「ひゃ……ぁぁぁっ……やっ、あっあああっ——————！」

悲鳴のような嬌声だと、我ながら感じた。次の瞬間目の前で光が弾け、……なにも考えられなくなり……。

「奏絵……」

亘の声の余韻を鼓膜に残しながら……。

奏絵の意識は、忘我の果てへと連れ去られたのだった————。


——なにかが、見えた。

白いもの……。しばらくそれがなにかわからなかったが、どうやら寝具であることを頭が理解しはじめる。

身体が柔らかなものに包まれているのを感じる。ふわふわとあたたかい。自分が蒲団《ふとん》にくるまっているらしいとわかった。

（わたし……なにして……）

蒲団の中で目が覚めたなら、朝がきてマンションの自分のベッドの中で目が覚めたと単純に考えればいい。

だが身体が、この上掛けの肌ざわりは自分のベッドにかかっているものとは違うと言っている。おまけに素肌に触れているということは、……裸……。

（昨日は……接待があって……）

思考がぐるぐる回りだす。接待で宇目平に大人の関係を求めるようなことを言われ……亘に助けられ……彼とお酒を飲んで……。

……彼と、子作りをすることになって……。

（そうだ、昨夜は彼に……！）

記憶をよみがえらせた瞬間、パッと目を見開く。同時にけたたましい電子アラーム音が鳴り響き、背筋を押されるような衝撃が走って勢いよく飛び起きた。

「ふあぁぁっ！」

我ながら意味不明な叫び声をあげてしまっているが、今はそんなことに構っていられない。とにかくこのアラーム音を止めたかった。

音の出どころはすぐにわかり、枕の上にのせられたスマホを取り上げアラームを止める。

「び……びっくりした……」

大きく息を吐き、手に取ったスマホを眺める。これは奏絵のものだ。しかしアラームを設定した覚えはないし、なんといっても音量を最大にはしていない。

操作したとすれば亘しかいない。ロック設定を使っていないので操作はできるとしても、断りもなく人のスマホにさわるなんて。

（まさか……）

ふと思いたちアドレスを開くと、思ったとおり亘の電話番号が登録されている。おまけにメッセージの友だち登録までされていた。

「なにしてくれてるんですか……勝手に……」

呆れた声で呟きはするが、我ながらかすかにニヤついているような気がして、片手で口を覆った。

そういえば犯人の亘はどこへ行ったのだろう。ベッドには奏絵が一人。ちゃんとシーツの上で寝ていたということは、抱かれて意識が飛んでしまったあとに亘が移動させてくれたらしい。

寝室を見まわすがやはり彼の姿はない。ふと、スマホが置いてあった場所にメモ書きがあることに気づき手に取る。

書き残したのはもちろん亘だろう。「おはよう」から始まる文面を、奏絵は両手でメモを持って、じっと見つめた。

（綺麗な字だな……）

書道でもやっていたんですかと言いたくなるくらい整った字だ。力強くて男性らしさを感じる。筆圧が少し強いのかもしれないと思うと、手で隠す間もなく口元がゆるんだ。

……が、文字でニヤニヤしている場合ではない。
（なにやってるの、わたし……）
我ながら恥ずかしい。誰かいるわけでもないのにコホンと咳払《せきばら》いをしてごまかしてから
メモに目を走らせる。

おはよう。

早朝の予定があるので先に出ます。

ぐっすり眠っていたから起こさないけど、仕事に遅れるわけにはいかないだろうからアラ
ームだけセットしました。

シャワーだけでも浴びて、朝食もシッカリとること。

洋服を一式手配したから、それを着て仕事に出るといい。同じ服は着ていけないだろう?

そうしたらギリギリまで部屋でゆっくりすごせる。

身体は大丈夫?　昨夜は無理をさせたなら申し訳ない。

でも、次は手加減しないから。

連絡する。

ＰＳ　寝顔かわいいな　亘

読んでるうちに顔が熱くなっていく。顔どころか頭まで熱くなって、地肌が湿っぽくなった気がした。

頭の中では昨夜の光景がありありと思いだされる。亘に抱かれて自分がどれだけ乱れたか。わけがわからなくなるほど溺れて口走った言葉の数々。

達したあとに奏絵が失神して眠りこけてしまったから、亘は無理をさせたのかと思ったのかもしれない。

寝顔に言及しているということは、彼はしばらく奏絵を眺めていたことになる。

おまけに、次は手加減しない、とか……。

(次……次ってっ‼)

「なに恥ずかしいことばっかり書いてんですかっ！」

文字を見ているだけでムズムズする。奏絵はメモを握りしめたまま倒れこみ枕に顔をうずめた。

その枕は亘が使っていたほうだろう。ふわっと彼の香りがして、胸の奥がきゅんっと疼いた。

そうすると昨夜彼に触れられた身体中に熱が点る。脚のあいだの湿り気を妙に感じてしまい、そこから続く身体の中まで……。

（もぉおっ、なんなのっ、やだぁっ‼）

枕を抱きしめ、もどかしさのままゴロゴロと転がってしまう。こんな姿は誰にも見せられないと思いつつ、昨夜はこれ以上恥ずかしい姿を亘に見せてしまったのだ。

「……やだ……もぉ……」

いやではない……。

むしろ嬉しいのに、それを素直に認めようとしない自分がいる。

そんな自分に、奏絵は困惑するばかりだ。

第三章　執着が独占欲に変わるとき

男性は紳士に、女性は淑女に。

男性らしさ女性らしさ、創業当時から揺るがぬコンセプトを持つ老舗アパレル、ヴァルラティ・グループ。

都心にそびえ建つ本社ビルは、始業時間前から各部署の精鋭たちが忙しく社内を闊歩する。そのせいでエントランスは常に活気にあふれているのだ。

しかし……今朝は少し違った……。

いつもは颯爽《さっそう》と歩いていくエリートたちも歩調を落とし足音を潜める。その視線はエントランス横の通路に注がれていた。

車用通路から前庭が見渡せるフルレングスの窓が続くそこに、四方堂亘社長が立っている。腕を組み片方の肩で窓に寄りかかり、物憂げに外へ視線を投げているのだ。

女性社員はもちろん、男性社員まで目を奪われる光景。多くの者が固唾《かたず》を呑んで社長を遠巻きに見つめ、囁き合う。

「社長……今日も素敵……」

「なにを考えていらっしゃるのかしら……」

「あれは、アパレル界の未来を思案していらっしゃるに違いない」

「いや、あの考えこむお顔は、なにかを案じられているのかも……」

「おい、誰か株価のチェックを」

「海外支部をご心配なのかもしれない。支部長に通達を……」

憂い顔ひとつで周囲が動く。……動きすぎる。それが、四方堂亘である。

しかし、周囲の反応など我関せず。亘が考えていたのは、アパレル界の未来でも、株価でも、海外支部のことでもなく……。

（奏絵……かわいかったな……）

まぶたをゆるめた彼の眼には、窓越しの車用通路も前庭も映ってはいない。そこに見えるのは、恥じらい、瞳を潤ませる奏絵の姿だ。

考えていたとおりだった。あんなに儚くかわいらしい姿を見られるなんて、なんという至福。

亘の満足感はどんどん深くなっていく。深くなればなるほど飛び出してきそうな嬉しさを隠すため、憂い顔が深くなる。

「社長がっ……！」

「新部門を案じられているのでは……！」

「いや、それより新しい取引先の不正疑惑が……！」

周囲が憶測でバタバタと動きまわるなか、ため息をつきながらその光景を袖にし亘に近づく者がいた。

「社長」

呼びかけられてやっと動く目と、鋭気を取り戻す表情。腕を解いて窓から身体を離した亘を前に、ちょっとホッとした顔を見せるのは第一秘書の五十嵐《いがらし》である。

亘のひとまわり年上で四十五歳。亘の母親の弟で叔父にあたる。

亘が幼いころはずっと彼が遊び相手だった。人の輪の中で常に頂点に立つ亘に唯一意見できた人物で、それを見込んだ会長、亘の祖父が彼を秘書に抜擢《ばってき》したのだ。

それまで統括部長として活躍していた彼だが、再び甥《おい》っ子のお守り役になってしまったのだった。

ちなみに亘の両親はアメリカで展開している別ブランド会社のＣＥＯとＣＯＯである。日本の土台に亘を社長として据えたのは祖父だ。幼いころからそれに見合うほど頭角を現していたからに他ならない。

「その顔で思い悩むのはやめてくださいと言っているでしょう。社員たちがどよめきますから」

「別に思い悩んではいない。悩むどころか心晴れ晴れハッピーで堪らん」

超真面目な顔と声でウキウキを表現されても、五十嵐だから理解はできるが他の者が聞いたら「やはりなにか思い悩んでいらっしゃる！」としか思わない。

心晴れ晴れハッピーとまで言うのだ。よっぽどいいことがあったのだろうと見当をつけ、その〝いいこと〟も推測できる五十嵐はおもむろに報告に入る。

「昨日、ＩＪＩの伊集院《いじゅういん》様から伝言を承りました。『言われたとおり先方に会った。将来性を感じる。紹介してくれてありがとう』と」

「そうか」

そう言ってもらえるだろうとは思っていたが、やはり本人から伝言があれば安心する。ホッとした亘だったが、五十嵐の伝言には続きがあった。

「笑っておられましたよ。『私にベンチャーを紹介するなんて、四方堂さんの頼みじゃなかったら聞かなかった。もちろん、悪いようにはしません』とね」

相変わらずの言いよう。彼らしい。奏絵やその弟にはＩＪＩの社長は新婚だから浮かれて機嫌がいい、などと言ったが、いくら機嫌がよくても仕事となれば話は別だ。

いくら弟が交渉に長けていてもＩＪＩの社長にまでたどり着くことはできなかっただろう。

まさしく、亘があいだに入ったからこそ実現したようなものだ。

「そんなにこそこそ裏から手を回さなくても、堂々と手を貸したいとおっしゃればいいんですよ」

五十嵐はため息交じりに言うが、亘は苦笑いだ。

「uniSPACE側は目を三角にして断るだろう。特に常務が」

昨日の昼、uniSPACE常務兼モデルの湯浅純と顔を合わせた。

――なにこいつ。なんでここにいるの。はー？　うちの大事な社長に馴れ馴れしくしないでくれない？　消えろ、目障り。

口には出さなくても表情全体でそれを言っていた純を思いだし、亘はおかしくなる。

顔に出やすいのは姉弟同じようだ。奏絵よりも弟のほうが亘に怨みを持っていそうな雰囲気ではある。

実際そうだろう。あの弟……かなりのシスコンと見た。

（シスコンか……）

わずかにイラっとする……。たとえ弟でも、自分以外の男が奏絵に執着しているとなると面白くない。

奏絵に言い寄る気配を見せて煩わしかったのは宇目平だ。義理で支援していたベンチャーの件を盾に取ってひと泡吹かせてやったが、弟が相手ではヘタに手を出すわけにもいかない。

やりかたを間違えれば、せっかくいい関係に持ちこめそうな奏絵との仲にひびが入る。それはマズイ。

やっと……彼女とわかり合えそうなのに……。

「それがわかっているのに、この企画、通すおつもりで？」

五十嵐が小脇にかかえていたファイルを亘に差し出す。それを受け取り目をとおしながらめくって、亘はニヤリと口角を上げた。

「もちろん」

亘の決意は変わらない。それを確認して、五十嵐は軽く頭を下げた。

「車を用意してまいります」

五十嵐が足早に去っていくのを見送って、亘はエントランスに視線を這わせた。

いつもどおりの光景がそこにある。活気に満ちあふれた社員たちが行き来するのを見るのは亘の生き甲斐《がい》だ。その社員たちが活き活きと仕事をできるよう導くのが、トップたる自分の役目だとも思っている。

未来への希望と、成し遂げるための努力を惜しまない姿勢。そこには常に未来があり、それを目指すのは素晴らしいことだ。

なにかを始めようとするときのキラキラした感性が好きだ。それだから亘は、未来あるベンチャーを支援している。

手元にあるファイルに視線を落とす。それは、uniSPACEとのコラボ企画を提案する資料だった。

企画者は、亘である。

五十嵐が言ったとおり、こんな企画を持ちこめば目を三角にして睨まれるだろう。睨まれるどころか殴りかかられる恐れもある。もちろん、あのシスコンの弟に。

——四年前、まだ大学生だった奏絵が亘のもとに新ブランドの企画を持ちこんできた。

『四方堂社長に、ぜひ見ていただきたいんです！』

ベンチャーを激励する亘の立場をいやというほど知っている五十嵐が、やる気に満ちた学生が面会を希望していると話を通した。以前、講演に行ったことのある大学の学生だった。

ちょうど時間も空いていたし、「企画を見てくれる担当を」ではなく「四方堂社長に」と指名してきたところに惹《ひ》かれ、企画課や商品開発課、ＭＤ部などの担当者と一緒に会うことにしたのだ。

『四方堂社長に見ていただけるなんて光栄です。よろしくお願いいたします！』

希望とやる気に満ちあふれたパワーは尊くて、とても輝いていてまぶしいほど。小柄でかわいらしい印象の女性なのに、そこから感じるオーラは素晴らしい。

第一印象から、堪らなく彼女の可能性に惹かれた。

説明も要点をえていて、プレゼンの進め方も上手い。途中で助言を加えてもっともっとよくしてやりたい欲求でいっぱいだった。

彼女の意気込みと企画の将来性、可能性に、各部署の担当者も惹かれたのだろう。反応はとてもよかったのだ。

しかし……。

『君は、私に自己満足を見せつけにきたのかい？』

亘はそこに一石を投じる。

『私に見てほしいと言うなら、弊社の理に適ったものでなくてはならない。しかし、今の段階で君の企画は一方通行だ。とにかく自分が求めるものをプレゼンして悦に入る、相手のことは考えない、ただの自慰行為にすぎない』

ユニセックスブランドは珍しくはない。しかしそこに加えられた上品さと綺麗さを、シンプルラインが多いユニセックスジャンルで生かすことができれば。

発想も試作デザインも悪くはないのだから、可能性はある。

亘の見解は前向きだったし、なにより未来を見つめた奏絵のオーラが素晴らしくて、彼女に構いたくて構いたくて堪らなかった。

ただ、ヴァルラティのコンセプトは、男性らしさ女性らしさを大切にするというもの。そういう会社にユニセックスの企画を持ちこんだ意味を考えてほしかった。

あと少しだ。もう少し企画を改善できれば……。

彼女があと少し改善をして立ち向かってきてくれるのを期待し、そのときの亘は、あえて辛辣な評価を下した。

まぶしいほどのやる気で亘を魅了した彼女なら、きっとまた輝かしいプレゼンをしてくれると……。

思って、いたのだが……。

その後奏絵がヴァルラティを訪れることはなく。仲間三人でuniSPACEを起ち上げてしまった。

マーチャンダイザーとしてヒット商品を数多く持つ亘や、ヴァルラティの各担当者たちが注目した企画。

それがベンチャー企業として独自でブランド展開を始めた。

……ヒットしないはずがない……。

uniSPACEの躍進には目を瞠るものがあり、まだ学生ながら社長である奏絵には世間の注目が集まった。

若くてかわいい女社長。

そこに群がる人間には、不逞の輩もいれば女のくせに生意気だと陰湿な見方をする輩もいる。

初めてのポップアップストアが大成功をおさめ、さらに世間の注目を集めたのと同時に「たかがベンチャー」と馬鹿にしていたアパレル関係者の注目も集めた。

絵に描いたようなシンデレラストーリーを体現する彼らは、嫌がらせを受けやすい立場にいる。実際、とある出来事に巻きこまれてしまった。

二度目のポップアップストアが企画されていたとき、ゲリラ出店の情報がどこからか漏れたのか、準備中の商品が荒され汚されるという被害に遭ったのだ。

泣きながら片づけるスタッフを励まし、嘲りながら見舞いを言いにくる同業者に笑顔で礼を言い、下心丸出しで手伝いや宣伝を申し出るメディア関係者をかわしていた奏絵。

凛とした立ち居振る舞いは、ひとつのブランドを守る社長にふさわしく立派なものだった。だが——。

亘は見てしまったのだ。

そんな彼女が、人知れず涙を流して悔しさに堪えていた姿を。

人前でなど泣けないだろう。弱みも見せられないし、立場も考えずに怒りだすわけにもいかない。そんなことをすれば、駆け出しのベンチャーなど握り潰されるか乗っ取られるかだ。

健気な彼女に、心を打たれた。

彼女の力になりたい……。

uniSPACEが起業したときからその動きを見守ってきた亘は、本格的にuniSPACEを、湯浅奏絵をマークしはじめた。

宣伝広告が上手くいくよう、それとなく広告代理店に手を回し、uniSPACEと手を組めそうな縫製工場や商社にも話を通した。

もちろんポップアップストアが置かれるたびに顔を出したし、集まりやパーティに出席すると聞きつければ亘も必ず出席した。

企画を持ちこみ辛辣に却下された悔しさを彼女は忘れていないらしく、顔を合わせるたびに強気の女社長を演じる。それが面白くて亘も受けて立つ。

そうしているうちに、強がったり笑ったりムキになったり、亘に対してだけ表情をコロコロ変える彼女が、かわいくてかわいくて仕方なくなっていた……。

犬猿の仲、などと囁かれているのも知っているし「ベンチャーのくせにヴァルラティさんに逆らうなんて」とすり寄ってこようとする奴もいるので、そのあたりは「面白いからいいんだ」とかわしている。

キラキラと希望に満ちあふれた奏絵も、人知れず涙を流す弱い奏絵も、強がって刃向かってくる奏絵も、すべてを知っているのは自分だけ。

それを考えると優越感で倒れそうだ。

いつの間にか亘の頭の中は、奏絵のことでいっぱいになっていた。

彼女が気になって気になって堪らなくて。たとえ仕事でも彼女に近づく男がいるとイラついて、奏絵があずかり知らぬところで宇目平にしたような牽制《けんせい》を繰り返した。

そしてついに……昨夜、奏絵を手に入れたのだ。

いや、手に入れたと言っては語弊がある。身体の関係ができただけ。彼女の心まではもらえていないだろう。

子作りをしているときは相思相愛。我ながら上手いことを言ったものだ。

そうすれば「亘さん」と呼んでもらえるし、ひとときでも彼女に好かれているのだと感じることができる。

子どもだけは欲しい、結婚には興味がない。奏絵の望みを叶えてあげたくて相手になるとは言ったが……。

「子作りの相手……だけで満足できるわけがないだろう……」

——彼女を、手に入れたい。手放したくない……。

女性に対して、こんな感情を持つのは初めてだ。

仕事が馬鹿みたいに好きなだけで、仕事だけをしていたいから結婚はしたくないとか、硬派な男を気取っているつもりはない。

むしろ、ともに同じ仕事をこなしながら夫婦仲のよい両親を見て育ったことから、自分も将来結婚するのなら両親のような夫婦になりたいという考えを持っていた。

だが今まで、仕事、プライベート、すべてにおいて感性が合う、パートナーとして歩んでいけるだろうと感じる女性には会ったことがなかった。

奏絵に惹かれたのは、仕事に対しての姿勢と、なにがあっても前進していく気丈さ。なにより、自分がやりたいことを語るときのあのキラキラした目とオーラ。

それらが、亘の心を捕まえて離さないのだ。

そしてその気持ちは、昨夜、奏絵を抱いて揺るぎないものになってしまった。

「奏絵……」

窓から車用通路を見ると、ちょうど五十嵐が運転する車が入ってくるところだった。

＊＊＊＊＊

出勤前にすでに一日働いた気分になってしまう朝だった……。

「なんか、奏絵ちゃんすごく疲れてない？」

愛香に言われ、奏絵は「へへへ」とごまかし笑いをする。自席でパソコンに向かっていた純が心配そうに顔を向けた。

「僕もそう思ってた。どうしたの？　昨日の接待、本当は大変だったんじゃないの？　いや、接待より昼のほうが疲れたのかな」

わずかに眉をひそめているのは、コーヒーショップで亘と会ったことを思いだして言っているのだろう。

わかっているがそれには言及せず、奏絵は苦笑いで片手を振ってみせる。三人のデスクがコの字型に並ぶその中央に置かれたミーティングテーブルの前に立ち、試作品を眺めながら何気なさを装った。

「ごめんごめん、寝坊しちゃったから今朝は大急ぎだったんだよ。それで疲れただけ」

「寝坊？　奏絵ちゃんが？　珍しくない？　やっぱり昨日の昼のストレスじゃないの？」

「違うよ〜。ポップアップストアの売り上げが好調すぎるから、売上推移のグラフ見ながらニヤニヤしてたら夜更かししちゃったのっ」

信憑性のある理由だったせいか、純も愛香もアハハと笑って自分の仕事に戻った。

ポップアップストアの売り上げが好調だったのは本当のことなので、純も愛香も納得したようだった。

ホッとしつつ試作品を手に取り、眺めている素振りで今朝のことを思い返す。

亘は朝食を食べてゆっくり出勤しなさいと書き残してくれたが、そうもいかない事態が発生してしまったのである。

昨日と同じ服は着ていけないだろうからと彼が手配してくれたという洋服が、朝食のルームサービスとともに届いた。

ちょうど入浴を終えたところで届いたのでタイミングがいい。ありがたく使わせてもらおうと手に取った。

質のいい生地を使ったレディースス一ツ。単色ならば地味になりがちなグレーに、派手にならず地味にもなりすぎない落ち着いた桃色のラインが襟やカフスに入っている。奏絵が好きな色だったのでドキリとした。

白いブラウス、ストッキング。驚いたことにブラジャーやショーツまでセットされている。まさにフルセットだ。

それだけではない。すっぴんで仕事に出られないだろうということなのか、軽くメイクができる程度のものがそろえられたポーチまでついてきた。

その中には、上品で綺麗なピンクの口紅が入っている。いつも奏絵がつけている強調された赤とは違う。

必然的に昨夜のキスを思いだす。彼は、赤い口紅が落ちた奏絵を見てその顔を褒めてくれた。

コーヒーショップの前で純に会って、奏絵がピンク色が好きだという話も聞かれている。もし亘がそれを覚えていて、意識して用意したのなら……。

そこまで考えると、胸の奥がきゅんっとしすぎて痛い。

……都合よく、考えすぎかもしれないけれど……。

至れり尽くせり。驚きもあるが、これをすべて奏絵のために亘が手配してくれたのだと思うと感動である。

だが、感動はすぐに焦りに変わった。

彼が用意してくれたスーツも下着も、すべてヴァルラティブランドだ。

宿敵の服を着て出勤できるわけがない……。

余裕があったはずの気持ちは一気に焦りへと変わる。奏絵は朝食もそこそこに自分の服を着てホテルを出た。

一度自分のマンションへ帰り、急いで着替えて身支度をして、少々遅くなったがなんとか出社したのである。

……それまでの、なんと慌ただしかったことか……。

(だいたい、自社ブランドを用意するとか、なに考えてるの！　着られるわけがないでしょうっ！)

とはいえ、亘が奏絵のために用意してくれたのだと感動した気持ちは嘘ではない。

服はホテルに置きっぱなしにするわけにもいかなかったので、マンションに持って帰ってきた。

着なかったのだから返すべきだとは思うが、さてどうしたらよいものか。

（連絡しようか……。メッセージも出せるし……）

彼に連絡をする手段はある。しかし、自分からするのも……。

唐突に、次は手加減をしない、というメモの文面を思いだす。ぶわっと顔が熱くなり、持っていた試作品で顔を押さえそうになるがすんでのところで思いとどまった。

「……奏絵ちゃん……大丈夫？」

呆気に取られた愛香の問いかけに、奏絵は必要以上に慌ててしまった。

「なななっ、なにがっ⁉」

「なんか、さっきから百面相してるから……。赤くなったり青くなったりしてるし」

「そ、そんなことないよ！　気のせいだよ！」

「そう？」

どうやら感情が顔に出まくっていたらしい。とすると真っ赤になったのも気づかれただろうか。

「気のせいじゃないよ。顔が赤い。熱でもあるんじゃないの？」

心配した純がとうとう立ち上がってしまった。

これ以上取り乱しては収拾がつかなくなる。奏絵は慌てて試作品を持ったまま両手を振り、なんでもないよをアピールする。

「心配しすぎだよ～、いやだなぁ。寝坊した勢いで厚手のインナー着てきちゃったみたいでさ。それでちょっと暑いかな～なんて思って。そうだ、アイスでも買ってこようかな。食べるでしょ？」

問いかけながらデスクにスマホを取りに行く。こういうときはたいていオフィスビルの一階にあるコンビニへ買い物だ。二人が食べるとうなずいたのを確認してさっさとドアのほうへ向かった。

（そうだ、出たついでにメッセージでも入れてみようかな……）

思いつきに密かな胸の高鳴りを覚えつつドアノブに手を伸ばす。……と、さわらないうちにドアが開き……。

「失礼いたします、uniSPACEの皆さん。ヴァルラティの四方堂です」

……目の前に……亘が現れた。

何の前触れもなく視界に入ってきた顔面偏差値特級レベルの男前を、奏絵は足を止めて凝視する。

確かに見えているのは亘だが、彼がこんなところに来るはずが……。

「四方堂亘！　……さん」

彼の出現に驚いたのは奏絵だけではない。険のある声で名前を叫んだ純だったが、さすがに呼び捨てはないと思い直したらしく、落ち着いた声で敬称をつけた。

愛香の声は聞こえないが。おそらくかわいい口を開けっ放しにして唖然としているに違いない。

「おや、湯浅社長、どこかお出かけでしたか?」

ドアから出ようとしていたので尋ねられたのだろうが、スマホひとつ手にしてどこへ出かけるというのか。電話をかけに廊下に出るかコンビニくらいしかないではないか。

「ちょ、ちょっと一階のコンビニまで……。アイスでも買いに行こうかと……」

「アイスですか。それはいいですね。年間を通して美味しいし、熱くなった頭や火照った身体をクールダウンさせるにもちょうどいい」

火照った身体、のところでドキリとする。自分の考えすぎを振り払おうとした矢先、目の前に茶色のビニール袋が差し出された。

「どうぞ。差し入れです。というか、アポもなしで訪問してしまった無礼を許していただこうと持参した手土産です」

反射的に両手で受け取ってしまった。高級チョコレートで有名なメーカーの袋がひんやり冷たい。

「アイスです。いろいろなフレーバーをチョイスしたら結構な量になってしまいました。たくさん食べてください」

「あ……ありがとう、ございます」

言ったとおりかなり重い。いったい何個入っているのだろう。だんだん持つ手に力が入ってくる。その様子を見て純が寄ってきた。

「僕が持つよ」

「あ、ありがとう。すぐ冷凍庫に入れたほうがいいよ」

「わかったよ」

奏絵ににこりと微笑み、チラッと亘を一瞥《いちべつ》し、純は狭いキッチンに置かれた大きな冷蔵庫へ向かう。

この事務所を借りるときに、今まで入居していた会社が使っていたらしい冷蔵庫が置きっぱなしになっていた。型落ち程度の綺麗なもので、管理会社から使用して構わないと言われたのでありがたく使わせてもらっている。

冷凍庫が大きくてよかった。このときほどそれをありがたいと思ったことはない。

「それで？　ヴァルラティさんがなんのご用で……」

話を仕切り直そうとした奏絵だが、亘がじっと視線を送ってきているのに気づく。

なにを見ているのだろうと思うまでもなく、彼の視線は奏絵の服を見ている。……おそらく、自分が用意したものではないからおかしく思っているのではないか……。

「な、なんのご用ですかっ」

（そんな目で見たって！　着られるわけがないでしょう！）

言いたいのを我慢して強い口調で言葉を出す。

彼女の焦りなど意に介さず、彼は背後から差し出されたものを受け取りそのまま奏絵に渡してきた。それは一冊のファイルだった。

彼が入り口をふさぐように立っていたので気づかなかったが、どうやらうしろに秘書がいたらしい。

おだやかな表情の勤勉そうな秘書には見覚えがある。いつも亘について歩いているし、……奏絵がヴァルラティに持ちこみに行ったとき、彼のもとへ案内してくれた人だ。

持ちこみは、イチかバチかだった。

学生の思いつきを大企業の社長が聞いてくれると思っているのかと一笑に付されて当然だったのに。

『社長は、あなたのように希望にあふれた人が好きです。あなたのような人を帰したら、私が叱られてしまう』

その希望への道を繋いでくれた。残念ながら、そこから長く延ばすことはできなかったけれど……。

なんのファイルを渡されたのかはわからなかったが、とりあえずは出入口で立たせておくのも失礼だ。中へ通しソファを勧めると、愛香が立ち上がりキッチンへ向かった。

亘がソファに座り秘書がそのうしろに立つ。向かいの肘掛椅子に浅く腰を下ろし、彼と向かい合うとドキドキする。

昨夜のことがあるから動悸が激しいというのもあるのだが、こうしていると持ちこみに行ったときのことを思いだす。

目の前に憧れた人がいる。それだけで気持ちが高揚して、彼に認めてもらいたい一心で張りきり、企画を熱く語った覚えがある。

「これは、拝見してよろしいのですか?」

両手でファイルを軽く掲げる。どうぞというように手で示され、軽く座り直して気持ちを整えた。

「面接じゃないんだから、そんなに緊張しなくていいですよ。いくら私の目の前でも」

「してませんっ。なにを見せられるのかとビクビクしてるんですよっ」

ムキになっちゃいけないと思いつつ、いつもの癖で強気に出る。ファイルを勢いよく開き……大きく目を見開いてしまった。

……言葉が出ない。

そこには、uniSPACEとヴァルラティの文字があり……。ひときわ大きく〝コラボ企画〟と書かれていた。

(コラボ……?　ヴァルラティと……)

おまけに企画立案者は亘になっている。ドキンと胸が高鳴った。

仕事としてヴァルラティと組めるのは魅力的だ。それ以上に、亘と一緒に仕事ができるという部分に激しい胸の高鳴りを覚えずにいられない。

「なに言ってんの？」

ごくりと期待の固唾を呑んだ奏絵だったが、すぐ横で冷めた声が聞こえてハッとした。立ったままの純が奏絵の手元を覗きこんでいる。まだ表紙しか開いてはいないが、タイトルだけで衝撃的だ。

「コラボって……ウチとヴァルラティさんがですか？　なんの冗談です、ベンチャー潰しですか？　乗っ取りですか？」

「純」

気持ちはわかるが口を滑らせすぎだ。奏絵は止めようとするが、純はそのまま強気な言葉を出した。

「ヴァルラティさんとウチじゃ、基本的なコンセプトが違うでしょう。どちらかに寄せればどちらかが折れなくてはならない。当然、折れなくてはならないのは弱小のウチだ。それでも、宣伝にはなると言われそうだけど」

「そうですね。宣伝にはなりますよ。弊社のブランドと組めば、それだけでuniSPACEを知らなかった層にまで名前が浸透する」

「そして、高級すぎてヴァルラティに近寄れなかった層にも浸透する。浸透したところでブランド乗っ取り……」

「粗茶ですがー！」

大きめの声で割って入ったのは愛香だった。彼女が大きな声を出すのは珍しい。純の言葉が止まってしまったのはそのせいだろう。

純の言葉を止めるために、わざと大きめの声を出したのではないかとも思う。

その思惑は亘にも伝わったようだ。来客用の湯呑みを前に置かれて「ありがとうございます」と愛香に会釈をした。

奏絵が「ん？」と感じてしまうような爽やかな態度。お茶を出した愛香もお盆を胸にキョトンとする。

「ヴァルラティの社長さんって、ずいぶんと気さくな方なんですね。もっと怖い方かと思っていました」

「恐縮です。そうおっしゃっていただけると、私も嬉しいですよ。こんな顔なので、怖いと思われることが多いのです」

「そうですね。背が高いイケメンの真顔は壁みたいで怖いです」

「壁は初めて言われました」

この会話は止めなくてもいいだろうか。

しかしこのちょっと天然なところが愛香たるところなので、止めるのもどうかと思う。

亘も上手く返してくれているのでこれはこれでいいだろう。

それに、亘が作ってくれているこの爽やかで礼儀正しい雰囲気で愛香のヴァルラティに対する印象も変わるのなら、そのほうがいい……。

「……壁っていうか、鉄柵……」

「それで、これはどういうことなんでしょう!」

あえて純の呟きは聞こえないようにさえぎる。冗談レベルを突き抜ける嫌みな口調はいただけない。

いつもの純はここまでしない。居丈高な相手にも不快感を見せずに接することができる性格だ。亘にだけ否定的な態度になってしまう理由は、きっと奏絵のことがあるから。

出された湯呑みを手に取りお茶をひと口すすってから、亘は愛香に微笑みかける。

「美味しいです。ありがとうございます」

きっと、これで愛香の、ヴァルラティ、イコール、奏絵ちゃんをいじめたひどい社長がいる会社、という図式は崩れたに違いない。

それを決定づけるかのよう、愛香もニコニコしている。その横で純だけが苦虫を噛み潰したような顔をしていた。

礼を口にしてから亘は奏絵の質問に答える。

「表紙に書かれたとおりのご提案です。お互いのよい部分を出し合って、今までにない

uniSPACE、今までにないヴァルラティを展開してみたいと思ったのです」

「今までにない……」

「そんなの、ヴァルラティさんだけでやればいいじゃないですか。わざわざuniSPACEを巻きこむ必要はないでしょう」

純の口が止まらない。普段人あたりのいい性格だけに、気持ちが昂ぶると止まらなくなるのを奏絵は知っている。

席を外させたほうがいいだろうか。そう感じたとき、亘が湯呑みを静かに置き、純に顔を向けた。

「まだ企画概要を読んでもいないのに、そう言ってしまえるのはなぜですか。見る価値はない、見たってどうせヴァルラティに有利なことしか書いていない。そう思っているからですか」

「さっきも言ったけれど、ヴァルラティさんとは基本的なコンセプトが……」

「たとえば、もしこれが、貴方が昨日会ったＩＪＩの社長だったならどうします？　企画書を渡された、表紙のタイトルだけを見て、内容も確かめず、相手の話も聞かず、『uniSPACEを巻きこむな』と啖呵を切りますか？」

純はなにかを言いかけたまま言葉を出すことができなかった。彼は人物だけを見て企画内容を判断をしている。それでは駄目だし、駄目だと本人もわかっている。

亘にここまで言われて言い返すのは、子どもじみた強がりと屁理屈にしかならない。

反論がないと悟り、亘は会話相手を奏絵に替える。

「大まかな内容としては、先程言ったとおりです。お互いのよい部分を出し合って、今までにない uniSPACE、今までにないヴァルラティを展開してみたい」

「それは……新しいチャレンジとしてはとても魅力的です。ですが、なぜ……コラボ相手に uniSPACE を……。わたしたちのブランドは、……受け入れてはもらえなかったはずです……」

心なしか声が小さくなった。そんなのはすぎたことだと言われればそれまでだが、気にしていないふりをしても、やはり彼に認めてもらえなかった複雑な感情は心にわだかまりを作っている。

「御社のブランドは確実に成長している。だからこそ今、御社と仕事がしたい。……四年前、どうしても足りなかった部分を今なら互いに補い合える。最高のコラボができると、私は考えています」

ガツンと……心に重たいものが響いた。

四年前に足りなかったもの……。奏絵が、亘に受け入れてもらえなかった原因。

「わかりました」

ファイルを閉じ、奏絵はスッと立ち上がる。

「こちらを、検討する時間をください。じっくりと企画書を拝見して、わたしなりの解釈でよく考えたいんです。今、貴方にここでプレゼンをされたら、その迫力で首を縦に振ってしまいそうですから」

「わかりました」

亘は満足げに微笑みながら立ち上がった。

「湯浅社長なら、そうおっしゃると思いましたよ」

「検討しましたら、ご連絡いたします」

「お待ちしています」

右手を出しかけた亘だったが、すぐに苦笑いで引っこめた。

「握手は、お預けですね」

口出しできずにいる純と好意的に笑顔を見せる愛香に会釈をして、亘は秘書とともにオフィスを出て行く。

彼が出て行くと室内に沈黙が落ちる。デスクに置いていた奏絵のスマホが通知音を響かせ、やっと空気が動きだした。

「中断しちゃったけど、仕事仕事。あ、この企画資料、先に見てもいいかな。チェックしたらテーブルに置いておくね」

「いいよー、あっ、奏絵ちゃん、お土産のアイス出そうか？　いっぱいあったよ」

愛香の返事は聞こえるが純の声は聞こえない。見ると外出の用意をしているので愛香もアイスを勧めるのはやめたようだ。

純は悔しいだろう。私的な恨みつらみが表に出てしまって、亘に反論できなかった。

自席に戻りファイルを置いてスマホを確認する。通知の名前を見て冷や汗が噴き出した。

「奏絵ちゃん、なにがいい？　バニラ？　あっ、ストロベリーあるよ」

「あっ、す、すとろべりぃでっ」

「ＯＫ」

声がひっくり返ってしまうものの、愛香は気にしてない様子なので助かった。不思議そうな顔で純に見られたが「いってらっしゃーい」と小さく手を振ってごまかした。

愛香が来ないうちにメッセージを開く。

今度は顔が熱くなりかかり、慌ててスマホから目をそらした。

亘からのメッセージは……今夜のお誘いだったのだ。

確かに、子作りという特殊な約束はした。

しかし顔を見た直後にお誘いのメッセージを送ってくるとは、なんたることか。やはり男性というものはそういうものなのだろうか……。

（いやらしいなぁ……。イケメンも所詮は普通の男だよね……）

心の中で亘を貶して、ドキドキしている自分を守る。行かないという選択肢は……ない。

仕事が終わってからすぐに待ち合わせの店へ向かった。指定されたのは昨日のバーだ。ホテルのバーというだけで、そこからの流れが予想できるというもの。

会ったら少しコラボのことについて聞いてみようかと思う。彼が、どんな気持ちでこの企画を考えたのかが聞きたい。

ムードがないと怒られるだろうか。しかし相思相愛になるのは肌を重ねているときだけのはず。……そのうち、事前のムードが大切だから、二人きりで会った瞬間から相思相愛、とか言われそうだ。

そんなことを考えてしまう自分を許す奏絵だったが……。

「確かに互いのブランドには固定されたコンセプトがある。一番の狙いは、そのブランドになかった特徴を入れていくというものなのだが……」

会ったときからずっと、亘の口から出るのはコラボ企画の話だった。

十九時に店の前で待ち合わせ。ソファ席に案内され、予約してあったらしいフードメニューがテーブルいっぱいに運ばれてきた。

日本料理店の厨房と繋がっているとはいえ、バーで出されるとは思えない和洋折衷のお重が出てきて言葉を失った。

食べながら彼の話を聞く。渡された企画書は隅から隅まで読んでいたので内容は把握しているし、どこに重点を置いているか、ターゲット層の動向などの調査結果も頭に入っている。

それでも彼が話すとまた違って聞こえ、自分の読みこみかたが足りなかったかと恥ずかしくなるのだ。

説得力がある人の説明はやっぱり違う。この調子で本格的なプレゼンなどされてしまったら、たとえ純でも落ちずにはいられないだろう。

そう考えると、もしかしたら彼は企画書を渡しにきたあの場でプレゼンしてしまいたかったのではないだろうか。

奏絵が内容を見て検討するから時間をくれなどと言ってしまったから、ひとまず引いただけ。この呼び出しは、できなかった説明をするためだけのものだったのだろう。

呼び出されたからって、咄嗟に子作り契約のことを思いだしてしまうなんて。

（いやらしいのは……わたしのほうじゃない……）

恥ずかしさに襲われながらも亘の話に引きこまれる。聞いているうちに自分の未熟さが思い返されて羞恥心が刺激され、背中にむず痒いものが走った。

このコラボ企画は、四年前奏絵が持ちこんだ案に修正と改善がなされたものだったのだ。

ただuniSPACEのコンセプトだけを押しつけるのではなく、ヴァルラティのコンセプトと混ぜ合わせ、とてもいい融合具合におさまっている。

どちらの特色も殺さない。どちらのコンセプトも崩れてはいない。純はどちらかに寄せればどちらかが折れなくてはならないと言って反発したが、これなら、どちらも折れる必要はない。

奏絵は箸を置き、湯呑みに手を伸ばす。食事はまだ半分近く残っていたが、胸がいっぱいでこれ以上は身体が受けつけてくれそうもなかった。

「社長……、質問ですが……」

「なんだ？　なんでも聞いてくれ」

お茶でのどを潤し果実酒で勢いをつけて、奏絵はソファ席で隣に座る亘を見る。

「もしも……四年前、わたしが持ちこんだ企画がこんな感じだったら……。社長は、……わたしと仕事をしてくれましたか？」

「間違いなく、した」

間髪をいれず返ってくる言葉。彼が本心からそう言ってくれている証拠だろう。

「あのときの君たちに足りなかったのは歩み寄りだ。完成して定着しているブランドの中に入りこもうとするその意味を、よく考えてほしかった」

自分たちの案を認めてもらうことに精いっぱいだった。定着したブランドに新風を。そんな気持ちだけが大きかった気がする。

純や愛香のためにも、そして、尊敬する憧れの四方堂亘社長に認めてもらいたくて、必死だった。

自分たちのやろうとしていることを修正するなんて、ありえなくて。結果、uniSPACEができた。

「きっと喰いついてきてくれる。修正案を持って再チャレンジしてくるはずだ。そう思って期待をしていたら、自分たちでブランドを起ち上げてしまった。単独のブランドとしてなら申し分ないほど練られたものだったし、大成功は当然だった。君たちは、よくやったと思う。ベンチャーとしては素晴らしい成果だ。だが、この先uniSPACEを広げていくのにヴァルラティとのこのコラボは必ず役に立つ」

褒められた……。

嬉しい。胸が苦しいくらい嬉しい。

我ながら驚いた顔をしていると思う。大きく見開いた目が涙でぼやけそうになったのに気づいて慌てて顔を下げ、ハンカチを出して軽く目元を押さえた。

「すごく……思ってもみなかったことを言われて……、ビックリしたら目に埃が入りました……」

「そうだな。埃が入るくらい目を大きくしていたし、埃で潤むくらいだから」

感動して涙が出たのだと気づかれているのではないだろうか。素直に嬉しいと言えばいいのに。……言えない。

四年前の彼は、奏絵を否定したのではない。期待を込めて指摘をし、さらなる改善を期待した。

その期待に気づくことも応えることもできないまま、彼に否定されたことだけを心に残して、自分たちだけですべてを始めたのに……。

それなのに、嫌みを言うどころか素晴らしい成果だと言ってくれる。

奏絵は顔を上げ、亘を見つめる。身体を向けて深々と頭を下げた。

「ありがとうございます。……コラボの件、早急に社内で検討いたします」

「こちらこそ、ありがとう。説明の場を設けてよかったよ。とはいえ、君だけは陥落できたような気が……しているんだけど？　どう？」

最後に少しおどけた聞きかたをする。顔を上げ苦笑した奏絵は視線を下にして小さくうなずいた。

「嬉しいな。店じゃなかったら抱きつきたいよ」

もしや本気なのではと少々悩むところではあるが、奏絵はゆるみそうな表情を引きしめて顔を上げた。

「わたしが二人に説明をします。二人にも、前向きな気持ちで社長の話を聞いてほしいんです。特に……あの……」

「常務？　弟さんだったかな」

「はい……。わたしから話をして、態勢を作っておいてあげないと……。ちゃんと聞いてもらえない気がするので」

「俺もそう思う」

即答だったのでちょっと気まずい。今日の態度を見ていればいやでもわかるだろう。

「ライバル会社だと思って敵視されているってことなのかな」

「そうじゃ……ないです。あの……弟が社長にあんな態度を取ってしまうのは、……おそらく、わたしのせいなんです」

「君の？」

「はい……。弟とは、小さなころから本当に仲よしで、姉妹みたいって言われるくらい、いつも一緒にいて……」

「姉妹か。確かに。しかし妹にするには彼は背が高すぎるし体格も……」

「……現実の見た目はちょっと置いておきましょう」

話がずれそうになった亘を制し、奏絵は言葉を続ける。

「わたしがヴァルラティさんに持ちこみに行って、悔しくて泣いたときに一生懸命励まして元気づけてくれた子で……」

「泣いた……」

「わたしが姉なのに、あの子がずっと頭を撫でてくれて『奏絵ちゃん、大丈夫だよ、僕も頑張るから、見返してやろう』って」

「頭を……撫でる……」

「だから、あの子にとってヴァルラティさんとか社長とかは『奏絵ちゃんの仇』みたいになってるんです。それだから目の仇にして……」

「仇……か」

「でも、本当にいい子なんですよ。優しくて一生懸命で。落ちこんだときや泣いてるときはいつも頭を撫でて慰めてくれるんです。大好きな弟なんです」

これからのことを考えるなら純の印象を悪いままにしておくわけにはいかない。奏絵は懸命に弟を褒めまくる。

亘には険悪な態度を取ってしまったがあれは奏絵のことがあるからだし、それがなければ本当にいい弟なのだ。それを亘にもわかってもらいたい。

饒舌になって純の話をした奏絵だったが、亘が眉を寄せて目をそらしたのを見てハッと言葉を止めた。

ちょっとしつこかっただろうか。亘には確か兄弟はいないはずだから、兄弟自慢みたいに聞こえてしまっただろうか。

視線を合わせないまま「ちょっと待っていて」と言って亘が席を離れる。カウンターへ行き、昨日話をしていたバーテンダーとなにか話をしだした。

カクテルの注文に立っただけかもしれない。ホッとしつつ残った果実酒を飲み干す。

「飲んだか？」

亘が戻ってくる。が、座る気配がないので顔を上げて「はい」と返事をすると、ネクタイを軽くゆるめながら険しい顔をする彼がそこにいた。

「じゃあ、行くぞ」

「は？」

仕事の話をしていたさっきまでと雰囲気が違う。なにか怒っているような……。

腕を引かれて立たされたかと思うと彼はさっさと歩いていこうとする。慌ててバッグを摑み、一緒に店を出た。

「社長、どこへ……」

無人のエレベーターにのせられ上昇の気配を感じた瞬間、なんとなくどこへ行くのか見当がついてしまった。

「あの、社長……」

間違いない気はするが、確認のために彼を見る。その瞬間顎を取られ唇が重なった。

「……あまり、他の男の話をするな……」

一度吸いついた唇が、かすかなあわいで息を吐く。その言葉の意味を理解する前に再び吸いつかれ、強く抱きしめられた。

他の男……とは、もしや純のことだろうか。あまりにも弟の話をするから……。

（え？　怒った……？）

エレベーターが停まると唇が離れる。顔をそらす瞬間、彼が照れくさそうな顔をした気がして大きく鼓動が跳ねた。

到着した最上階は、昨日も来た場所だ。やっぱり今夜も……そういうことなのだろうか。

「あの、社長っ」

「そうだ」

廊下を並んで歩きながら話しかけようとすると、同時に亘も口火を切る。驚いて言葉を止めてしまったせいで発言権は彼に渡った。

「どうせなら、『二人きりのときは相思相愛』にしよう」

「はい？」

「そうすれば事前に気分を害されることもない。そうだ、そうしよう」

妙案と言わんばかりにこぶしをもう一方の手のひらに打ちつけ、意気揚々と提案する。

気分を害されるとは……やはり弟の話をされたからということだろうか。

まさかとは思うが、弟に嫉妬したとか……。

（え……？　……この人が？）

そう考えるとくすぐったくてむずむずしてくる。自惚れかもしれないし考えすぎかもしれないが、やきもちを焼いてくれたのだと思うと急に亘がかわいく思えてきた。

到着したのはやはり今朝までいたスイートルーム。また彼に抱かれるのかと思うとドキドキするが、今回は事前に言っておかなくてはいけないことがある。

「しゃ……社長っ」

「なんだ奏絵、他人行儀だな」

二人きりのときは相思相愛。それを思いだし、奏絵は部屋に入ったところで立ち止まる。

「わ……亘さん……」

「ん？」

亘も立ち止まり奏絵に向き合う。背後でドアが閉まると、急に自分の鼓動の音が大きく聞こえだした。

(今夜も……この人に抱かれるんだ……。子どもを作るために……)

体温が上がってくる。頬に熱が点って、亘の顔を見ていられなくなった。

「今夜は……朝までとか、駄目ですよ……」

「今朝一人にしたから怒っているのか？　俺も置いていきたくはなかったのだが、とてもかわいらしい顔をして眠っていたので起こせなかった」

寝顔を見られてしまうなんて照れくさい。かわいいと言ってくれるのは相思相愛時間のリップサービスだろうとは思うが、喜んでしまいそうな自分がいる。

浮かれかけた気持ちを押し沈め、奏絵はキッと亘を見てから、やはり恥ずかしくて視線を横にそらした。

「だから……、朝までぐっすり眠っちゃうくらい……気持ちよくしちゃ、駄目ですっ」

この言いかたはどうだろう。せめて、疲れさせちゃ駄目です、のほうがよかったかもしれない。

後悔したが遅かった。いきなり亘が奏絵をお姫様抱っこで抱きかかえ、リビングに置かれている大きなL字型カウチソファに一緒に倒れこんだのである。

「わ、わたるさ……」

「ったく、かわいいにもほどがある……。今夜は先に入浴させてやろうと思ったのに……」

「させて……くれないんですか……？」

「させない。奏絵のせいで滾った」

「たぎっ……」

不埒なセリフにくらくらする。唇を重ねてきた亘はその表面を擦り合わせ、強く押しつけて逃げ腰になる奏絵の舌を吸い取る。

亘の口腔内で吸いたてられ、ときどき強く吸いつかれる。締めつけられる感触が舌に走ると口腔内がじゅくっと潤った。

「フ……ぁ、ゥ……ン」

濃厚なくちづけに意識を取られているあいだにブラウスのボタンが外され、ブラジャー越しに胸のふくらみを摑み上げられる。

ちょっと力が強いかなと思っていると、舌を解放した彼の唇が険を含んだ声を発した。

「……どうして俺が用意したものを着けていないんだ？」

「え……」

「一万歩譲って服は勘弁するとしても、下着は脱がない限り見えないんだから着けていてもいいだろう」

「それは……」

スーツ類と一緒に下着も用意されていたが、それもヴァルラティブランドだった。脱がなきゃ見えないというのはわかっているものの、他のものは遠慮しようと決めたのに下着だけ……というのも、ためらいがあった。

「おまけに口紅も。確かにヴァルラティ直営ブランドの品だが、つけてしまえばわからないだろう」

「それは……ピンクだったので……。いきなりイメチェンしたら、どうしたのって聞かれるだろうし。特に弟が気にするかと……」

「他の男の話はしないっ」

相思相愛時間は弟も〝他の男〟だ。またもや嫉妬心を煽ってしまった。

「すみません……全部未使用のほうがお返ししやすいかなとも思って……」

「返さなくていい。君に着てほしいし、口紅もつけてほしい」

「でも……あっ！」

ブラジャーの上から指先で頂を掻かれる。もどかしいむず痒さがあるのはなぜだろう。

鈍い刺激が布を伝ってふくらみ全体に響くからだろうか。

「や、ンッ……」

布越しに頂を咥えられ、さらに不思議な感覚が広がる。何度も吸いつかれているうちに
咥えている部分が唾液で濡れたのか、湿ったあたたかさが胸の表面を覆った。

乳頭が妙に熱い。いつもはそんなこと感じないのにブラジャーがあたっているだけでジンジンする。

歯で掻かれると気持ちよさが広がるのに、かすかな不快感が邪魔をする。昨日初めて抱かれたときのようなダイレクトな快感がない。

「ぁ……ふぅ……ん、んん……」

焦れた声とともに身じろぎする。その原因を知ってか知らずか、亘が視線を上げた。

「どうした？　なにかしてほしいことがあるか？」

「いえ……別に……」

「そうか？」

亘が上半身を起こす。スーツの上着を脱ぎネクタイを引き抜くと、ウエストコートとワイシャツのボタンを外しながらモジモジと身悶えする奏絵を見おろした。

「俺が渡した服と下着だったら順番に脱がせて楽しもうと思ったけど、……やめた。ムカつくからこのままここでぐっちゃぐちゃにしてやる」

「ム……ムカつ……、なんてことをっ」

彼らしくない言葉を聞いてしまったのもそうだが、ぐっちゃぐちゃの部分が気になって堪らない。慌てて両肘をつき上半身を起こそうとすると、いきなりスカートをまくられストッキングとショーツを両脚から引き抜かれた。

「ひぇっ⁉」

その素早さにはただただ驚きである。脱がされた反動で動きが止まってしまったせいで、いとも簡単に大きく両脚を開かれた。

躊躇なく彼の顔が脚のあいだに埋まる。ソファの上なので脚のやり場がわからない。仕方がないとはいえ、両脚を彼の肩に担がれたまま動かせなかった。

「あっ……フッぅん……亘さ……」

昨日も感じた鮮烈な刺激が両脚のあいだで弾ける。そこにはまった亘の頭が動いているのを見ていると刺激と直結して生々しい快感に変わる。

「あっぁ……やぁ……んっ、んん……」

こんな恥ずかしい部分を舐められているのに気持ちがいいだなんて、なんていやらしいんだろう……。彼の動きを目で追い陰部が貪られているのを確認させられて、奏絵は昂ぶるばかりだ。

腹部で溜まっているスカートが邪魔に思える。それがなければ、亘の口元まで見えそうなのに……。

（……いやらしい）

そんなことまで考えてしまうなんて。羞恥心に煽られて目をそらそうとするものの、肘を立てて上半身を起こし気味にしているせいで見ないようにと思っても見えてしまう。

「あっ……だめっ……そこ、気持ち……ぃ」

蜜液をしたたるほどに絡めた舌で陰核の周囲を舐《ねぶ》られて、湧き上がる快感に喉が反る。

お尻に力が入って膣口が収縮すると、亘がそこに吸いついて派手にすすり上げた。

「あああぁっ……ああっ――！」

秘芽がバチンと弾けるような刺激が広がって、思わず両腿で亘の頭を挟んでしまった。

「あっ、ぁ……」

「こら、窒息する」

余韻で腰をヒクつかせていると亘が笑って脚を開かせる。軽い絶頂で波打つ腹部を撫で、彼は唇を手の甲で拭った。

「ごぼごぼ出てきたぞ。大興奮だな、奏絵」

「ヘンな言いかた……しないでくださ……」

いやらしい部分を貪る彼を見ていたら、腰の奥から滑らかなモノが伝ってきて止まらなかったのだ。お尻の下が湿っぽい。革張りのソファだからシミはできないだろうかとよけいなことが気になった。

「どうせこのあと風呂に入るし、このままスルから」

「え？　あっ……」

一瞬なんのことかと思ったが、トラウザーズをくつろげた彼を見て思いだす。

（そうだ……子作りするんだっけ……）

あまりにも気持ちよくされてしまうので、つい普通に愛されていると錯覚してしまう。

「風呂、一緒に入ろうな。動けなくなっても俺が洗ってやるから、心配するな」

優しくしてもらえるから、心が誤解してしまう。

もしかしたら、──本当に愛してくれてるんじゃないかと……。

「奏絵」

自惚れては駄目。誤解しては駄目。どんなに優しく名前を呼ばれても……。

二人でいるときは相思相愛。それだから彼は……。

そのままの亘自身が、蜜を噴きこぼす秘孔を広げる。昨日一度受け入れているとはいえ、体内に侵入してくる異物感は拭えない。

それに、昨日より強く熱を感じる。纏《まと》うものがないせいだろうか。

広げられることに慣れていない隘路を、膣壁を押し拓きながら熱塊が進んでくる。体内にみっちり詰めこまれていく感覚は、粘膜を擦り動かされるうちに心地よい充溢感《じゅういつかん》に変わっていく。

「あ……ハァ……ぁっ、ンッ……」

「奏絵……」

ゆるやかに彼が動きはじめ、異物とされていたそれは快感をくれるものとして認識されはじめる。擦り上げては引かれ、また擦り上げられ、粘膜が柔らかくほどけて蜜をこぼす。

「ぁ……や、ダメぇ……」

気持ちよくなってくる自分を感じながらも、これでいいのだろうかと戸惑う気持ちが顔を覗かせ、奏絵は泣きそうな顔で首を横に振った。

「奏絵、おいで」

軽く覆いかぶさってきた亘が片腕で奏絵の身体を強く抱き、ソファの座面を押しながら身体を起こす。彼が向きを変えてソファに座ると、向かい合わせで腰に跨《また》がる形になった。

「怖いか？」

「亘さん……」

「心配するな。俺に委ねろ」

艶のある眼差しと力強い口調に全身が痺れる。恥骨に力が入って背筋がキュッと伸びた。

ゆっくりと上下に揺さぶられ、だんだんとリズムがついてくる。振り幅が大きくなってきて奏絵の腰も自然と動く。

「あっ……ウンッ……ん、あぁ……」

「そのまま、気持ちがいいように自分で動いて」

律動を奏絵に任せ、亘はブラジャーのホックを外す。こぼれるようにたゆんだふくらみを摑み、役目をなさなくなった布をふくらみの上に預けて目の前に現れた紅い突起に吸いついた。

「ああっ……んっ……！」

上下していた腰が一瞬止まり、ビクビクッと前後に震える。それがまた違う刺激を呼び、続けて前後に腰を擦りつけた。

ずっともどかしさを感じていた場所を直に揉みしだかれ舌で嬲られ。亘の大きな手が乳房を鷲《わし》摑みにする力強さ、唇や舌のあたたかさとぬるりとした感触、それが堪らなく気持ちいい。

「ハァ……わたる……さん、胸……ああっ……」

「こうやってさわってほしかったんだろう？　ずっとじれったそうにしてたから」

「ンッ、ぁ、わかって……たの……ぁぁん」

「わかってた。焦らしたらかわいい奏絵が見られるから」

「や、やだ……いじわる……ぁぁっ……そこ……」

しゃぶられる乳首が亘の舌と触れ合って悦んでいる。色濃く勃ち上がって〝もっともっと〟と彼を誘惑する。

「あっ、あ、やっ……んんンッ！」

胸の刺激に煽られて腰の動きが激しくなる。前後に動きながら飛び跳ねるように上下した。

ふんわりとした快感が溜まってきて、腰が重くなってくる。気持ちいいのになにかが違う。なにか、亘が貫いてくれているときと官能の反応が違うのだ。

「あっふぅ……亘……さっ……ああっ……ン」

「ん？　気持ちいい？　自分で動いて気持ちよくなってる？」

「はぃ……でも……あぁ、でもぉ……」

「なに？」

優しく微笑んでいるように見えて、亘から伝わってくるのは淫猥で意地悪な雰囲気。

奏絵がなにを言いたいのか、彼はきっとわかっている。わかっていてワザと焦らしているのだ。

（意地悪……）

言わせようとするなんていやらしい。そう思う反面、奏絵が自分から言えば彼は喜んでくれるだろうか。口にすることで、興奮してくれるだろうか。

「……亘さん……ぁっ」

「なに？　奏絵」

「動い……て……」

少し口にしただけで体温が上がる。恥ずかしいのに気持ちまで高揚して腰の揺れも大きくなった。

「亘……さんに、シてほしぃ……ぁっ、んっ」

乳房を摑んだ手に力が入る。指がマシュマロを握り潰すように喰いこんで、ビリビリした痺れを甘い痛みにすり替えていく。

「わた……る、さん……」

「いいよ……」

直後手を離された乳房が余韻で強烈に疼く。同時に強く腰を突き上げられ痙攣するように背が反った。

「あぁあっ……あっ！」

反ったまま倒れてしまいそうな焦りを感じて、慌てて彼の肩に腕を回す。抱きついたところで両手で腰を押さえられ断続的に内奥を穿たれた。

「あっ、あっ、あぁあっ……！　やっ、やぁぁ……！」

「こうしてほしかった？　こうやって、オクまで掻き混ぜてほしかった？」

「あっ、やぁぁンッ、亘さっ……！」

叩きつけるように落とされる腰と、同じタイミングで剛強が突き上がってくる。擦り乱される粘膜が花筒で暴れる猛りを押さえようときつく喰いしめ、より猛々しくなる手伝いをする。

「奏絵を抱いているとゾクゾクさせられっぱなしだな。そんなに煽るな」

「そんなこと、してなっ……あぁっ、やっ、あたる……ナカ、あぁっ！」

「あてるから……なっ」

最後のところで深く突きこむ。ビリビリした痺れが腰の奥から突き抜けた。

「あぁあっ、やぁっ――――！」

繋がった部分が締まり、亘の大きさを実感する。また達してしまったのだと自分でわかるようになったのも束の間、背中を支えられ素早くソファに押し倒された。

達した余韻を感じている間もなく激しい抽送に襲われる。跨った状態だったので、勢いに翻弄されるまま行き場もなく亘の腰に両脚が巻きついた。

「あぁぁあっ！　ダメっ……ダメ、わたるさっ……！」

全身に行き渡っていた愉悦が一点に集まってくる。ぐちゅぐちゅと濫《みだ》りがわしい淫音をたてて出し挿れされる怒張が、先導役を担った。

「俺も限界だ……。ダすぞ、いいな」

「はぃ……はい……！　いいで……ぁっ、あ、もう、ダメェ……！」

亘の言葉も冷静には考えられない。今にも爆発しそうな感覚が奏絵を限界に押し上げる。

「亘さ……あっ、あぁぁ――――！」

音を引く嬌声とともに背が弓なりに引き攣る。絶頂に身体を固める奏絵の奥深くで止まった亘が「くっ！」とうめいて腰を震わせた。

彼の腰に巻きつけた両脚がビクビク震える。恥骨いっぱいに広がる熱を感じて腰の奥に甘い刺激が走った。

「あ……あっ……」

なんとも言えない余韻。

まるで麻酔がぐるりと駆け抜けていくよう……。

息を乱して亘に強く抱きつくと、彼も抱き返してくれた。重なる胸から強い鼓動を感じる。混じり合って、ひとつになってしまいそうだった。

「奏絵……」

亘が顔を上げ、乱れて頰についた髪を寄せながら奏絵の頭を撫でる。

「かわいいな……君は……」

憂う表情に胸がきゅんっとする。こんなことを言ってもらえるなんて、夢のようだ。

唇が重なり、柔らかく表面を擦られ夢心地になる。

「動けるか？　気をしっかり持てよ？　このあとは一緒に風呂だからな。ああ、奏絵は黙ってボーっとしていていい。俺が全身洗ってやるから」

このまま忘我の果てへさまよっていけそうだとも思うが、亘が許してくれそうもない。

「洗ったらベッドに運んでやる」

……果たして、今夜は帰れるのだろうか……。

第四章　相思相愛が揺るぎないものに変わるとき

「ＩＪＩとの契約、上手くいきそうなんだって？」

どうして知っているんですか、と聞きたいところだが、知人らしいし、社長の機嫌がいいのは新婚だからなんてことまで知っている人だ。特に不思議でもない。

「はい……、何点か審議中なんですけど、たぶん取り扱ってもらえそうです」

「そうか、よかったな」

「はい……」

「ところで、俺はまだ、活躍させてもらえそうにない？」

いつ聞かれるかと覚悟していたことだけに、ついにきたかと奏絵の心臓が大きく飛び跳ねる。

肩越しに首をかたむけると、うしろから奏絵の身体に腕を回していた亘にひょいっと顔を覗きこまれた。

「す、すみません」

とっさに謝ってしまう。その意味がすぐにわかる亘は、笑って奏絵の唇の横にキスをしてきた。

「謝らなくていい。まだなにも言ってもらえないから、なかなか難しいんだろうなというのはわかるから」

「すみません……」

再び謝ってしまうと顎に彼の手がかかり、振り向いたまま固定される。今度は謝る口をふさぐように唇に吸いつかれた。

「謝るなって」

「はい……」

返事はするものの申し訳なさは拭えない。それを察しているのか、顎から手を離した亘は奏絵の肩に唇を這わせ素肌をたどった。

——子作りと称して亘と肌を重ねるようになって三週間。

頻繁に会ってはベッドですごす日々が続いていた。

今日も仕事が終わってから彼に会い、食事をしてホテルで抱かれて、いつものように快感でいっぱいにされた。

余韻で浮遊してしまいそうな身体を背後から抱きしめられて、ベッドの中で二人、まどろんでいたところだ。

二人でいるときは相思相愛。その言葉どおり、亘はいつもとても優しく力強く奏絵を包みこんでくれる。

まるで、本物の恋人同士のように……。

「明日にでも、二人に確認してみますね。言わないだけで、ちゃんと答えを出してくれているのかもしれないし」

「奏絵だけが気まずい思いをする必要はないんだ。許してくれるなら、明日にでも俺が説明に行くから」

「駄目ですよ。前も言ったけど、亘さんの迫力に押されてしまいます。……二人には……自分で考えて結論を出してから、素直な気持ちで亘さんのお話を聞いてほしいんです」

「……手ごわそうだけどな」

「わかってくれるはずです。きっと」

子作りという名目で続く二人の関係。そして、仕事ではブランドコラボが実現できるかどうかの瀬戸際にきている。

ヴァルラティとのコラボを提案され亘から直接説明を受けた奏絵は、いち早くこのコラボの意味と過去に受けた屈辱の本当の意味を知った。

純や愛香には、二人が企画書をシッカリ読んだころを見計らって、亘に知らされた彼の思いを説明した。

複雑な心境になるのは当然なのだ。今まで、ヴァルラティの四方堂亘に自分たちが目指したものを貶されたという悔しさを胸に刻んで、ここまで頑張ってきたのだから。

今になって彼の思いを知って、そこまで期待してくれていたのかと感動はすれども簡単に手のひらを返せるものではない。

自分のインスピレーションそのままをデザインしてきた愛香にとっては、初めてコラボというものを意識していかなくてはならないし、純だって、イメージモデルとして今までとは違う表現をしなくてはならないだろうしuniSPACEの路線を気に入ってくれている取引相手への説明も大変になる。

なにより、二人が持つ亘へのわだかまりが、これだけの説明であっという間に晴れるわけはないと思う。

前途多難とはこのことか。

しかし、いつまでも答えを出さないわけにもいかない。

奏絵としてはヴァルラティとのコラボをやりたい。四年前に成し遂げられなかったものに、新しい形で挑戦したいし、なんと言っても……亘と仕事がしたい。

憧れの人に認めてもらうのは、奏絵の目標だったのだから。

（憧れの人か……）

そう考えると、なんだか胸がくすぐったくなってくる。

「……亘さん」

「ん？」

……本当に、胸がくすぐったい。

奏絵は、乳房に指を這わせわさわさとたゆませて遊ぶ亘の手をガシッと摑んだ。

「なにしてるんですか……」

「……もう一回シたいな、と思って」

「駄目です、そろそろ帰る準備をしなくちゃ……」

「もう少し」

遊んでいた指がグイッと柔らかなふくらみに喰いこむ。先程までさんざん揉みしだかれていた感覚がよみがえりそうになって、奏絵はぴくぴくと肌を震わせた。

「だ、駄目ですってばっ。今シたら、また寝ちゃって帰れなくなっちゃいます……」

「それじゃあ、朝まで一緒にいよう」

「駄目ですよ。明日も仕事です。それに、頻繁に帰宅が遅いことを純が気づいたらしくてなんか疑われてるし……」

純の名前を出したからなのか、亘の手がピタッと止まる。奏絵の胸の下に両腕を回し、一緒に上半身を起こした。

「わかったよ……」

うしろから強く抱きついて奏絵の頭に頬擦りをする。亘の声がさびしそうで胸が痛い。相思相愛時間を過ごすときの彼は、本当に誤解しきってしまいそうなほどに奏絵を愛おしんでくれる。

「……なんか、すみません」

「いいよ。やきもちを焼いてしまう相手が弟だっていうのも滑稽だけど、弟君には、これ以上悪い印象を持たれるわけにはいかないから」

やきもちという言葉に鼓動が騒ぐ。亘が仲のいい弟にやきもちを焼くなんて。この人に嫉妬してもらえる立場になっている自分が信じられない。

(子作り用、相思相愛効果なんだろうな)

そう思うとちょっと複雑だが、相思相愛の時間は奏絵もあまり意地を張る必要がないので楽だ。なにより亘がなりきってくれるので、ひとときの幸せに浸れる。

「でも、弟君と一緒に住んでるんじゃなくて助かった。奏絵は、ずっと一人暮らしだった?」

「大学までは実家にいたんですけど、わたしが先に家を出た感じですね。仕事用のものが多くなってきていたし、移動しやすい場所のほうがいいしで」

「弟君は？　そのあと一緒に住むとか言わなかった?」

「言いたかったと思うんですけど、本人が諦めました。あの子お洒落さんだから、わたしより洋服とか靴とか鞄とか、たくさん持ってるんですよ。二人で住んだらクローゼットが足りません」

「それは切実だな。もし一緒だったら、こうやって毎日のように奏絵を誘うことなんかできなかっただろうな」

亘の腕に力が入り、身体を擦りつけられる。唇が耳朶をかすめ耳の輪郭を食んだ。

このままくっついていては危険なのではないだろうか。奏絵は彼の唇をかわすように顔をかたむける。

「それなんですけど……。毎日会う必要って……あるんでしょうか?」

「ん?」

「亘さんとは、……子作り……のためにこうやっているわけですが……。それって、毎日……するもの、なんですか……? ほら、よく聞く〝危険日〟っていう日を狙うものなのかなって……」

話している内容が恥ずかしくて言葉が途切れ地切れになる。彼に会うのがいやなわけではなく、彼が毎日でも奏絵に会って抱き合えることを喜んでいるように感じて、照れくさくなってしまったのだ。

「じゃあ、聞くけど、奏絵は自分で危険日とか安全日とか把握している? ハッキリとわかっている?」

「意識したことがないので……あまり……。でも、……月のモノ一日目から数えるっていうのは……」

話がデリケートな部分にまで及んでしまってよけいに恥ずかしい。自分が振った話からの流れなので、はぐらかすわけにもいかない。

「で？　数えて。今は危険日？　子作りするって決めてから三日にあげずにシてるし、危険日は過ぎている？　いつだった？」

彼が話に積極的すぎる。そういう話をしているのだから当たり前だが、かえって奏絵のほうが冷静に対応できていない。

「えと……実を言えばよくわからなくて……。わたし、仕事が忙しくなってから……その、アレが順調ではないので……」

とんでもなく恥ずかしい。まさか男性とこんな話をする日がくるとは。

しかし話を振ったのは自分なのだから、仕方ない、仕方がないと心の中で呟きながら必死に羞恥と闘う。

「そうか、それなら尚さら毎日でもシないとな！」

「は？　はぃぃ⁉」

いきなり張りきりだした亘に再びベッドに押しつけられ、奏絵は照れていたのも忘れ目を白黒させる。あお向けにされてしまったので、あたふたしているのが丸わかりだ。

「大丈夫だ、毎日のようにシていれば、きっとできるから」

「い、いや、その、そんな自信満々に言われても……」

「自信はある。俺を信じろ」

「自信ありすぎでしょうっ」

「よし、長い休みが取れたら子作り旅行でもしよう。温泉がいいか？　海外でもいいぞ。南国がいいな。いいコンドミニアムを知っている」

「だからですねぇぇぇ！」

「旅行に出れば、弟君を気にすることもない」

「気にするとこ、そこですかっ」

どうやら亘のやる気に火をつけてしまったようだ。すっかりその気らしく、気持ちが盛り上がったのかしきりに奏絵の顔やら首やらにキスの雨を降らせる。

——とはいえ、そこからなし崩しに抱かれるわけにもいかず……。

その後、奏絵が早々にバスルームへ逃げこんだことで、なんとか帰り支度にこぎつけたのである。

「ゴールデンウィークのあとがいいかな。いや、いっそ前にするか。奏絵はどっちがいい？　奏絵の休みが取りやすいほうで俺も合わせる」

——しかし、亘は諦めてはいなかった。

部屋を出て一階に向かうあいだも、子作り旅行プランの提案に余念がない。

本当に、本気で行くつもりなのだろうか。

……亘と一緒に旅行……。

考えただけで照れくさくて転げまわってしまいそうだが、やっとエントランスに到着したところだ。転げまわるのはマンションに帰るまで我慢しよう。

「パスポートの期限は切れていないか？　もし切れていたら早めに取り直して……。あー、でも、温泉も捨てがたいな……」

……ノリノリである……。

（なんでそんなに張りきってるんですか！）

声を大にして言いたい。

とはいえ、本当に行けるなら一緒に行きたい気持ちが大きい。

「正直なところ、奏絵はどっちがいい？」

「わ、わたし、ですかっ？」

すべて彼が決めてしまいそうな勢いだっただけに、急に振られてドキリとする。彼に顔を向けた、そのとき……。

「わー、四方堂社長じゃないですかぁ」

やけに愛想のいい女性の声が聞こえ、奏絵は反射的に彼から飛び退くように離れて背中を向けてしまった。

まるで〝一緒になんて歩いてませんよ〟という態度。呼びかけたのがもしもアパレル関係者なら、奏絵の顔も知っている恐れがある。

「なにしてるんですか、こんなところで。飲みにきたとかですか？」

声の主は若い女性だ。話しかたも明るくて、亘相手にまったく物怖じしていない。

親しい間柄を感じさせる砕けた口調だった。――わずかに……イラっと感情が尖《とが》った気がした……。

「バーで少し飲んできたんだ。今帰るところ。君は？」

「うふふっ、ナイショです」

亘にこんなかわいい態度を取れてしまう女性。いったい誰なのだろう。顔を見たい。振り返ってどんな女性なのか見たい。

奏絵はさりげなくスマホを取り出し、耳にあてて電話をしているふりをしながら周囲に視線を走らせ、亘と話す女性を盗み見た。

奏絵と同じくらいの年齢だろうか。長い髪を巻いて、密着ではないにしろ身体の線が綺麗に出るワンピースを着ている。

女性らしさを感じさせるデザイン。あれはヴァルラティのブランドだ。女性雑誌で人気女優がインタビューを受けるグラビアページで見た。

ああいった雑誌は着用ブランドの価格も表示されているものだが、結構なお値段だったのを覚えている。

（誰だろう……）

ひたすらそれが気になり、会話に耳をかたむけてしまう。

「そういえば、前の場所に戻るって聞いたけど？」

「そうなんですー、頑張りましたよ」

「大丈夫なのかい？　テナント料」

「はいー、これ以上ない人にスポンサーについていただいたので」

「スポンサー？」

「はいー、聞きたいですか？」

聞きたいですか、というか、口調が「聞いてください」と言っている。亘に気にしてほしいのがありありとわかった。

ここで聞いてあげれば彼女は跳び上がって喜んだのではないだろうか。しかし亘はそっけない。

「いや、上手く自分でできているならそれに越したことはない。頑張りなさい」

それでも激励はしている。これが奏絵なら、応援してくれているんだと思って感動したことだろう。

しかし女性は不満のようだ。いかにもという感じで拗ねた顔を作り、ぷいっと横を向いてしまった。

「それじゃ、失礼しますね。社長もお気をつけてっ」

ちょっと不機嫌な口調で言い捨て、彼女はエレベーターのほうへ歩いて行く。ヒールの音をかなり大きく響かせ、怒ってますをアピールしていた。

もう二十三時も近いが、これからバーにでも行くのだろうか。いらない詮索をしていると亘と目が合う。クスリと笑った彼が歩きだしたので奏絵もあとを追った。

「誰だか気になるか？」

「え？」

「今の女性」

ホテルを出ると正面の通路に亘の車がつけられている。車には詳しくない奏絵でも知っている外車。二重丸の内側が十字に区切られ、白と水色で交互に配色されたエンブレムはあまりに有名だ。

彼の問いに答えられないまま助手席に乗りこみ、ドアマンたちに見送られながら車が走りだす。

いつもは気にならないしばしの沈黙が気まずく感じるのはなぜだろう。

……気にならないはずはない。綺麗な女性だった。奏絵とそう変わらない年齢だろうが、華やかさがあって目を引く。

とても親しげだったし、女性のほうは亘に懐いているのが口調から伝わってきた。

まるで、特別な好意を持っているかのように……。

「奏絵」

「な、なんですかっ、気になんてなっていませんよ！」

考えこんでいるときに話しかけられ、つい焦りが口から出てしまった。

「なんだ？　気にしろ。せっかく話してやろうと思ったのに」

「どうして気にしなくちゃならないんですか。別に……仲のよさそうな女の子の一人や二人や三人や……十人や百人、気になんかなりませんよっ」

飛躍しすぎた。前を向いて運転を続ける亘の横顔が笑いを堪えている。

「どういう関係なんだろう、って、嫉妬してくれるかと思ったのに」

「嫉妬って……」

気になりました、と言ったら、亘はどう思うだろう。

感情が苛立ちましたと言ったら……。

嫉妬していたのだと思う。なぜ亘とそんなに親しげなのか、なぜ亘にそんな仔猫《こねこ》が懐くような態度を取るのかと、気が立った。

「彼女は、俺が支援態勢を取っているベンチャー企業のひとつを経営している」

「ベンチャーの……?」

「先月、uniSPACEがポップアップストアを展開した場所。あそこに入っていた貴金属店の社長だ。一応」

「ええっ⁉」

一応、がついたのはさておき、驚きは隠せない。改めて顔を見せなくてよかったと思う。向こうが奏絵の顔を知っていたら、睨まれるどころの話ではなかったのではないか。

甘えるように懐き、拗ねた態度を取って、親しいんですと言わんばかりの態度は、亘に選ばれているという自信からきているのかもしれない。

そう考えると、ちょっと羨ましい。

おまけに亘は、彼女の店が意図的に追い出されたのだとわかって宇目平に意見している。そこまで気にかけてもらえているのだ。

「……支援態勢……ではあるが、実際は名前だけみたいなもので、実際の仕事は宝石商である実家におんぶにだっこ状態のお嬢様だ」

「は?」

意味不明と言わんばかりの声が出てしまった。それがおかしかったのか、亘は前を向いたまま軽く笑い声をあげる。

「店を持ってみたい、社長になってみたい、っていう我が儘娘の頼みを聞いた親が俺に相談してきた。店を持たせるのはいいが、親に出資してもらったとなれば我が儘娘の道楽と後ろ指をさされる。ベンチャーとして自分で乗りだしたことにして、ベンチャー支援活動家の四方堂亘の名前を貸してくれないか、と」

「名前を……」

「すぐに飽きるかと思ったが予想外に頑張っている。ビルを追い出されて拗ねまくっていたから、さすがに音をあげるかと思っていたが、また同じ場所に入って仕切り直しをしているようだ」

「同じ場所？　一度追い出されちゃったビルにですか？」

「今聞いたら『スポンサーがついた』と言っていた。親以外の支援者がついたならいいことだ」

「詳しく聞かなくてよかったんですか？　聞いてほしそうでしたよ？　聞いてあげたらよかったのに。わたしが絡まれているのをネタに宇目平社長に圧をかけて庇ったベンチャーさんなのに」

……なんだか、ひねくれた言いかたではなかっただろうか。まるで奏絵を利用してまで庇いたかったんだろう……的な感情がにじんでいる。

亘の言葉も止まってしまった。

言い直したほうがいいだろうか。

「奏絵」

「は、はいっ」

「やきもちか？」

「ちっ、違いますよっ！　なに言ってるんですかっ！」

シートベルトを両手で摑み、咄嗟にムキになる。とうとう我慢できなくなったのか、亘は声をあげて笑いだした。

「奏絵は意地っ張りだな。やきもちを焼いたなら焼いたと言え。言ってくれたほうが俺も嬉しい」

「違うって言ってるじゃないですかっ。……まぁ……名前を貸しているだけでも、文句を言いに乗りこんでくるほど……亘さんに気にかけてもらえているんだな、とは思いますけどね……」

口を開けば開くほど墓穴を掘っている気がする。彼女にやきもちを焼いたのがバレバレではないのか。

チラリと亘に視線を向ける。薄暗い車内で、車道を照らす街灯と対向車線のヘッドライトが面映ゆい微笑みを湛える彼の横顔を浮かび上がらせた。

（綺麗……）

痛いくらいに胸がドキリとする。その綺麗な横顔が口を開く。

「あのとき……俺があそこにいたのは、宇目平社長を接待するのがuniSPACEだと知ったからだ。uniSPACEに協力している企業だが、宇目平不動産の社長は女癖が悪いことで少々有名でね。なにかあってはいけないと感じていた」

「でも、追い出された貴金属店のことを聞きたいって……」

「あの場では、ああ言ったほうが自然だろう。奏絵が心配で見にきたなんて言っても笑い話にしかならない」

奏絵は前を向き、自分の膝に視線を落とした。

なんて照れくさいことを言ってくれるのだろう。夜でよかった。暗いおかげで、きっと赤くなっている頬には気づかれない。

「赤くなって、かわいいな」

「な、なんでっ！」

熱くなった頬に気づかれた。とっさに亘を見ると、信号で車が停まっているらしく奏絵を見て微笑んでいる。

「奏絵は本当に反応がかわいい」

「からかわないでください……」

「本当だよ」

信号が変わり、亘の目が前方へ戻り、奏絵はしばらく彼の横顔を見つめた。

「相思相愛の時間じゃないときも、今みたいに接してほしいのが本音だ」

「無理です……そんな」

「どうして？　俺がuniSPACEを嫌っているという誤解は、とけているんじゃないか？」

奏絵はなにも言えなくなってしまった。嫌われているどころか、期待をしていてくれたというのは感動するレベルで承知している。

仕事で顔を合わせるたびに強がっていた態度を普通にすれば、最初のうちは周囲もおかしな顔をするだろうが、そのうち犬猿の仲などと言われなくなるだろう。

わかっているのに、彼に意地を張ってしまうのは……。

考えこんでいるうちに無言の時間が続き、――車が停まる。顔を上げると奏絵が住むマンションに到着していた。

顔見知りの住人に見られるのも好ましくないので、いつもマンション横の通りで降ろしてもらっている。人も車もめったに通らないし、街灯が道路を照らすだけの少々さびしい通りだ。

亘が先に車を降り、助手席のドアを開けてくれる。初めてこれをやられたときは驚いて動けなかったがだいぶ慣れた。

「奏絵」

呼びかけとともに唇が重なった。すぐに抱きしめられ、短い抱擁。

「おやすみ」

頬を撫で、甘い囁きと蕩けてしまいそうな眼差し。完璧すぎる相思相愛だ。

いつもはここで放してくれるのだが、なぜか亘の腕が離れない。奏絵が小首をかしげると、もう一度唇が重なった。

「奏絵……旅行のこと、本気で考えておいてくれ。……君と、たくさんの時間を作りたい」

「……時間？」

「子どもができる前に……」

密やかに……呼吸が止まった。喉の奥になにか大きなものが詰まったような息苦しさを感じて……泣きたくなる。

――切ない……。苦しい……。

奏絵が首を縦に振ると、やっと亘の腕が離れる。彼が車に乗りこみ走り去っていく。奏絵はマンションに向かって歩きだした。

喉の奥に異物が詰まったような息苦しさは続いていた。しばらく思考が真っ白で、自分の部屋に入り、玄関のドアを閉めた瞬間……。

――プツン……と、……強がりの糸が切れた。

「あ……」

震える声を発して、奏絵はその場に崩れる。玄関先に座りこんだまま身体は動かず、ただ涙だけがあふれた。

「あ……あ……」

泣き声を出したいのに出せない。出てこない。大きな声を出して泣きたいのに、ただ涙だけがボロボロボロボロボロ流れてくる。

(亘さん……)

わかったのだ……。

(亘さん……！)

なぜ、彼に意地を張り続けてしまうのか……。

信じられないくらい幸せな、相思相愛の時間。

しかし、子どもができたら、それは終わりだ……。

彼の子どもを、奏絵は一人で育てる。子どもはときどき亘に会うが、彼は子どもの父親であるだけで、それ以外ではない。

奏絵にとっても子どもの父親であるだけで……、それ以上の存在ではなくなる。

彼はいずれ、奏絵が知らない女性と結婚し、彼と結婚相手との子どもを儲《もう》けるだろう。

彼は大企業の社長だ。いわばそれは責務。

奏絵は彼と顔を合わせても、平気な顔をして仕事を続けていく。やり手のベンチャー社長として、肩で風を切って、強い女性でいなくてはならない。

結婚はしなくていいけど子どもは欲しい。その言葉どおり、子どもがいて幸せだと、亘の前で意地を張り続けなくてはならない――。

「う……あ……」

嗚咽が絶え間なく漏れてくる。苦しい胸を癒やすために口で息を吸いこむたびに漏れてくるのがつらくて、奏絵は両手で口をふさぐ。

そうするとよけいに涙が出る気がして今度はまぶたを閉じてみるが、それでも涙は流れ続けた。

無理だ……。

――好きな人の前で、意地を張り続けなくてはならないなんて……。

貴方がいなくても平気。そんな顔をして、今までどおりの強い女なんて演じられない。

旅行に誘ってくれた亘は、もちろん子作り目的もあるけれど、子どもができたらこうして肌を重ねることもなくなってしまうから、その前にこの関係を楽しもうという気持ちでいるのだろう。

子どもができれば彼の役目は終わりだと、わかっているから……。

つらい……。相思相愛の時間が愛しすぎるからよけいに、そのあとのことを考えるのがつらくて怖い。

どうしてあんな意地を張ってしまったのだろう。

――――それでも、わたしは自分のＤＮＡが入った子どもは欲しいかなって思いますね。

女性ならではの願望ですね。

自分のＤＮＡが入った子ども。そこに、奏絵の心の恩人であり、憧れ、尊敬した亘の血が混じる。最高ではないか。

（でも……亘さんと一緒に……）

亘と一緒に、隣に並んで、その子の成長を見られたら、どんなに幸せだろう……。

（……わたる……さん……）

心が、望んではいけない願いを真綿で包む。

「好き……」

言葉が、出してはいけない言霊を唱える。

「あぁあぁぁぁぁ――――‼」

呪いのようにつらい叫び声は、やがて泣き声に変わり……。

奏絵は、声が出なくなるまで泣き続けた。


気持ちは落ちこんでいたし、自分自身の迷いも多すぎていつもより口数が少なくなって

いた。

そんな気持ちでいるからか、翌日のオフィスは静まりかえり、沈黙ばかりが大きな顔をしていた。

電話も鳴るし、純や愛香の話し声も聞こえる。静かに感じてしまうのは奏絵が口を開かないからだろう。

ときどきチラリと奏絵を見る二人の視線を感じる。様子がおかしいと気づいているのかもしれない。泣き腫らした目は冷やしたり温めたりの末にメイクでなんとかごまかせていると思うから、やはり口数が少ないせいだろうか。

「……あのっ、……ずっと考えていたんだけど……」

デスクから顔を上げ、奏絵は声をあげる。ずっと考えごとをしていたから口数が少なかったんだというポーズを作り、二人を交互に見た。

「やっぱりさ、四方堂社長の説明を聞いてもらいたいと思う。企画書を見ただけで判断をするんじゃなくて、提案側の話を……」

「聞かないよ」

奏絵をさえぎるように言葉を挟んだのは純だった。パソコンの画面を見つめたまま口だけを動かす。

「今まで考えたけど、やっぱり聞けない。コラボも反対だ。どう考えたって利用されているとしか思えない」

「それは……、話を聞いてから判断したっていいことだと思う。二人がよく考えて気持ちを決めてくれたらと思っていたけれど、迷うから決断できないわけだし、それなら可能性をこめてあちらの話を聞いてみるのも……」

「奏絵ちゃんさぁ……」

ひときわ声を大きくして純がやっとこちらに顔を向ける。いつもの彼にはない剣呑とした雰囲気を感じさせる鋭い目つき。こんな顔をするのは珍しい。

「どうしていきなり、四方堂亘の肩を持つようになったのさ」

「肩を持つとか、そういうことじゃない。このコラボは仕事として見て、とてもいい企画だと思うし……」

「僕さぁ……」

彼はまたもや声のボリュームを上げる。奏絵の言葉をさえぎって重い言葉を投げつけた。

「昨夜……見たよ。奏絵ちゃんのこと」

「え？」

「友だちと飲んで、その帰り際。奏絵ちゃんのマンションの横の通りで。派手な外車の男と抱き合ってるの。──あれ、四方堂亘だよね」

奏絵は言葉が出なかった。まさか見られるとは思っていなかったのだ。それも、よりによって純に。

「いきなりヴァルラティを支持するような態度を取るからおかしいとは思ったんだ。いくら過去のことが誤解だったんだとしても、手のひら返しすぎだろう」

「待って……今、そんなことはどうでもいい……。企画はいいものだし、絶対やる意味はあると……」

「お断りだ！　イイ仲になって言いくるめられて。男に骨抜きにされてるなんて奏絵ちゃんらしくないよ！　こんなの……乗っ取られる未来しか見えない！」

「乗っ取るなんて考える人じゃない。亘さんは……」

「なにそれ、ずいぶんと親しげだね。まあ、イイ男だしね。所詮は奏絵ちゃんも、顔がよくて金持ちならいいっていうそのへんの女と同じか」

「そういう言いかた……！」

「もういいよ！」

姉弟喧嘩《げんか》のような言い争いに割って入ったのは愛香だった。彼女には珍しいくらい声を荒らげて、沈黙が落ちた室内に椅子の音を響かせ立ち上がる。

「……あたしの意見だけど……。奏絵ちゃんは大人なんだし、誰とつき合おうと身体の関係を持とうと、とやかく言う気もないしそんな権利もないと思う。でももし、それが奏絵ちゃんのみならずこのブランドを危機に陥れるものかもしれないって純君が思うなら、よけいなお世話ってくらいごちゃごちゃ言う気持ちもわかる」

　心が広い意見のようで、その実結構辛辣である。

「正直あたしは、コラボにのってもいいかなって思ってた。……けど、もし奏絵ちゃんが振りまわされているだけなら、純君が心配する気持ちもわかるから……、今は、迷ってる」

「愛香ちゃん……」

「真剣におつき合いしてるなら、ごめん。でも大好きな奏絵ちゃんのことだもん、あたしだって心配だよ。コラボが進んだとたんに捨てられたとか冷たくなったとかあったら、一緒にいるあたしたちだってつらいもん。ねえ、奏絵ちゃん、真剣におつき合いしてるとか、そういうことなの？　奏絵ちゃんが四方堂さんを好きで、四方堂さんも奏絵ちゃんが好きだから一緒にいたってことでいいの？　奏絵ちゃんが好きな人とひとつの仕事を成し遂げたいから協力してくれって言うなら、あたしは喜んで協力する」

　こんなに正面切って自分の意見を言う愛香は初めてだ。それだけ真剣に考えて、奏絵を心配してくれている。

　彼女の気持ちに応えなくては。自分の気持ちをハッキリと伝えて……。

（駄目だ……）

　今、奏絵が亘を好きなのだと二人に伝えたら、子どもができたあと言い訳ができなくなる。「仕事は続けても子どもだけは欲しかったから協力してもらっただけ」という切り札が使えなくなる。

子どもができたら、それこそ彼とはただのビジネス上のつき合いに戻るのだから。

……そんなの、堪えられない……。けれど、奏絵の気持ちはどうあれ、亘は奏絵の望みを叶えるために協力してくれているだけにすぎないのだ。

今すぐ亘との子作り関係を終わらせれば話は早い。でも、自分でもずるいと思うけど、少しでも長く彼との関係を続けたい、それが本音だ。

早く返事をしなくては。そう思うのに口が動かない。

ごくりと空気を呑む。緊張で渇いた口腔内のせいで喉がくっつきそうだ。

「わたしは……」

奏絵は考えながらゆっくりと口を開く。子どもができたあと、たとえ亘との関係が終わっても、奏絵がそれを選んだのなら二人はきっとわかってくれる。

そう信じたい……。

決意をしたものの、無情にもそこに電話の着信音が鳴り響く。スマホを見て驚きが隠せない。宇目平からだったのだ。

あの一件以来、宇目平から連絡はなかった。やはり気まずかったのだろう。

しかしこれからもポップアップストアの件で相談にのってもらうなら、宇目平との縁をなくすわけにはいかない。

　スマホを掲げて「電話だから」の合図を二人に送り、応答した。

「お久しぶりです。宇目平社長」

『奏絵ちゃん、次のポップアップ、すごくいい場所を確保できそうなんだ。相談もあるから。今日、時間は取れるかい？』

「ありがとうございます。今日ですか？」

『気が変わらないうちに決めてしまいたいんだよ。どうだろう、今からでも会社のほうに来られる？』

「それは……はい」

　今日はこれから、特に急ぎの用事はない。だからこそ純や愛香とコラボの話を進めてしまいたかったのだが。

　しかしポップアップストアの展開に関することも大切だ。奏絵はすぐそちらへ向かいますと返事をして通話を終えた。

　なんだか体よく逃げてしまった気分になる。電話をする前、明らかに奏絵は追い詰められていた。ここでオフィスを出れば話をはぐらかしたことになるだろう。

（ズルいな……わたし）

　自分を責めた奏絵だったが、気がつけば純は電話で仕事の話を始めていたし、愛香も真剣にパソコンの画面を見つめている。

さっきの質問への答えを用意できていないまま話を蒸し返すのは藪蛇だろう。少しだけホッとしつつ、奏絵は「出かけてくる」と言い残してオフィスを出た。

＊＊＊＊＊

「五十嵐は、温泉と海外、どっちがいいと思う？」

聞く人間を間違えた。いや、聞くタイミングを間違えた。

デスクから五十嵐に顔を向け、亘はそれを悟る。五十嵐が目を大きくして嵐でも来るのではないかと言いたげな顔をしている。

「いや、仕事中にすまない。今聞くべきことじゃなかった」

「温泉ですね。今の時期なら、桜を見ながら入れるところもあるので」

「……ゴールデンウィークあとになる可能性が高い」

「温泉です」

頑として譲らず、五十嵐は書棚の整理に戻る。……単に温泉が好きなだけではないだろうか……。

マタニティ部門の報告書を見ていて、つい奏絵を思いだしてしまった。まだその兆候はないようだが、その時がきたらヴァルラティのマタニティブランドで固めよう。

(奏絵はピンクが好きだから、優しいピンクのものをたくさん用意しよう)

そんなことを考えていたら、子作り旅行のことを思いだした。予約のことも考えて、早めにどちらかにするかを決めておいたほうがいい。

(やっぱり……温泉でゆっくりするのがいいか……)

仕事を始めてから、奏絵は月のモノが不定期になったという。ストレスや過労は大敵だ。やはりのんびりできるところのほうがいいか。

(温泉だと、浴衣姿が見られるな)

――悶々と想像して、下半身に異変が起きそうになるのをすんでのところで抑える……。

湯上がりでぽうっとしている奏絵は見たことがあるものの、そこに着崩れた浴衣が加わると亘の理性にとっては恐ろしい破壊力だ。

……ちなみに浴衣が着崩れているのは、都合のいい妄想、いや願望である。

温泉旅行が海外旅行を果てしなく引き離して決定権を握ったところで、この悩みは終幕。あとは実行に向かって動くだけ。

奏絵は気づいただろうか。旅行を提案したときに言った言葉の意味に。

――君と、たくさんの時間を作りたい。

二人だけの時間を、たくさん作りたい。子作りという目的で始まった二人の関係は、あまりにも二人だけの時間が少なすぎる。

子どもができれば必然的に三人の時間になる。それはそれでもちろん幸せだし、二人の子どもを抱いた奏絵を想像すると幸福感で倒れそうだ。

しかしその前に、二人だけで過ごす時間も欲しい。いっそ一緒に住んでいつでも奏絵といたいくらいなのに。

二人のときは相思相愛。

いや……ずっと、相思相愛でいたい。

奏絵は子どもだけは欲しいと言ったが、あれは隙のない女性を装っているときの強がりだと思ってもいいだろうか。

彼女といつも一緒にいたい。彼女と一緒に子どもを育てたい。――結婚して、ずっと一緒に……。

「社長」

幸せにトリップしかけた亘を、五十嵐が引き戻す。せっかく幸せに浸っていたのにと恨み言を言いたいところだが、五十嵐の声が深刻なのでその案は却下された。

五十嵐は内線電話の受話器片手に亘を見ている。

「面会だそうです。アポはありませんが……uniSPACEのお二方だそうで」

「uniSPACE……奏絵、いや、湯浅社長か?」

思わず立ち上がる。油断した言い間違いはすぐに訂正したが五十嵐にはしっかり聞こえていたようで、仕方がないですねと言わんばかりの顔をされてしまった。……気がする。

「残念ながら、専務と常務だそうです。どうされます?　お会いになりますか?」

「専務と常務……」

言わずと知れた奏絵の起業仲間だ。ふわふわした外見のわりになかなかシッカリしている専務のほうは問題ないとして、どう見てもシスコンの弟常務は強敵だ。

奏絵を伴わずコラボの話をしにきたのだろうか。なんにしろ会わない手はない。

二人が自分の考えをまとめてからと、あくまで二人の自由意志を尊重して奏絵はなかなかプレゼンを許してくれない。

訪ねてきてくれたのなら、それに越したことはない。

「通してくれ。もちろん会おう」

これはチャンスだ。将を射んと欲すれば先ず馬を射よと言うではないか。

奏絵がコラボを迷う大きな原因はこの二人にある。そして、奏絵との関係をいい方向へ改善するためには二人の理解が必要だ。

亘はごくりと乾いた空気を呑む。

久しぶりに生まれた、緊張感だった——。

＊＊＊＊

こういう風景を、映画かドラマ、または漫画などで見たことがある。

大きな一人掛け用のソファに横柄な態度で座る男。その男の膝に横座りでのり、ピッタリと身体を密着させて甘える若い女性。

海外映画のマフィアとか渋い日本映画のヤクザとか、こんなできすぎた人生を歩む人間はいませんと言いたくなるようなラノベのチート主人公なら、そんな光景も納得いったのかもしれないが……。

「やあ、奏絵ちゃん」

鼻息荒く悠々と手を挙げたのが宇目平では、少々不適任である。

「……ご無沙汰しております。宇目平社長……」

挨拶よりも先にこの状況につっこみを入れたいところだが、奏絵は平常心を装う。

宇目平不動産にやってきた奏絵はすぐに社長室へ通された。……のは、いいのだが、入室したとたんにこんな光景が目に飛びこんできたのである。

胸元や裾から手を入れやすそうなルーズなスプリングニットに、座ると太腿が丸出しになるミニスカート。さわってくださいと言わんばかりに宇目平の膝に座っている女性には見覚えがある。

（この人……ホテルで会った……）

亘が頼まれて名前だけを貸していると言っていた、貴金属販売系ベンチャーの女社長ではないか。

「ほら、奏絵ちゃんが来たから下りなさい」

「えー、いいじゃないですかぁ、あたしもお話聞きたいです～」

「だめっ、お仕事だよ」

「ん～～～～」

「先にホテルで待ってなさい。終わったらすぐに行くから」

「はぁい」

まるで小さな子どもに言い聞かせるように言うと、女性も小さな子どもさながら拗ねる。なんだか聞いてはいけない会話を聞いているようで居心地が悪い。

しぶしぶ下りた女性は退室するためにドアへ足を向ける。じーっと奏絵を見ながら通りすぎ、引き返してひょこっと顔を覗きこんだ。

「やっぱりぃ。あなたさぁ、昨夜四方堂社長と一緒にホテルにいた人でしょう？」

ドキリといやな鼓動が胸を叩く。彼女は奏絵の前に立って顔を覗きこみ、ニヤッといやらしい笑みを作った。

「他人のふりしちゃって、わからないと思った？　社長はお酒を飲んできただけって顔してたけど……。そっかぁ、そういうことなんだぁ」

一人で納得して背筋を伸ばす。だらしないくらい肩が出たニットは、昨夜の上品なワンピース姿のイメージとは真逆だ。

「いいなぁ。四方堂社長イケメンだしエッチもすごそうだよねぇ。どうやって堕とした？　あたしが迫っても駄目だったのに、悔しいなぁ」

「おかしなこと言わないでください」

奏絵は冷静に対応しようとするが、彼女は大げさに笑い飛ばした。

「清純ぶって気持ちワルっ！　ヤることヤってるくせに、なにイイコぶってんの？　女が起ち上げた弱小ベンチャーなんて、スポンサーのアソコ勃ててナンボじゃない！　アンタのとこだってそうでしょう!?」

奏絵は彼女から目をそらし、密かに作ったこぶしを握りしめる。

怒りしか湧いてこない。三人で頑張って築いてきたブランド。女社長、駆け出しベンチャーと馬鹿にされ、おかしな誘惑もたくさんあったし嫌がらせにも遭った。

それでもくじけず、決して媚は売らず、誠実な取引だけをして頑張ってきたのだ。

奏絵だけじゃない。純や愛香だって、同じように頑張ってきた。

それを、こんなに軽く見られてたまるか。

「弱小ベンチャーにも、自分たちの意地と目標があります。あなたにはそれがないんですか？　ご両親の援助で成り立っているお店は、ままごとのお店屋さんごっこですか」

「なに言ってんの、この女！」

一瞬にして彼女の怒りが沸騰する。平手打ちが飛んできてもおかしくない雰囲気だったが、宇目平が大きな笑い声をあげたせいで場は彼に持っていかれた。

「いやぁ、奏絵ちゃんも言うねぇ！　さすがは誠実商売のuniSPACEさんだ！」

それから彼女に顔を向け、手の甲を外に向けてシッシと払う。

「ほら、早く行きなさい。奏絵ちゃんと話をさせてくれ」

犬か猫のように払われたからか自分より奏絵を贔屓したからか、彼女は唇を尖らせてぷいっと顔をそむける。すぐに奏絵を睨みつけた。

「週刊誌に売ってやるから。大企業に女を売ったベンチャー社長、って。アンタの会社なんて炎上して潰れたらいい！」

靴のヒール音も高々に部屋を出て行く。いやな展開だが追いかけるわけにもいかず、奏絵は宇目平に向き直って頭を下げた。

「まぁ、そんなところにいないで、ほら、奏絵ちゃんも座りなさい」

「はい」

座れと勧めながら、宇目平は自分の膝を叩く。まさか先程の彼女のように膝に座れということではないだろう。

奏絵はローテーブルを挟んだ向かいのソファに浅く腰を下ろす。そんな奏絵を見て目を大きくした宇目平は、またもや大きな声で笑いだした。

「いや、奏絵ちゃんは真面目だ！　本当に真面目だ！」

「なにか、ご不快な点でも？」

「さっきの子、テナント料のことで話をしにきて、座りなさいって膝を叩いたら素直に膝にのってきたよ。実に素直な子でね、気に入った」

自然と眉が寄った。彼女は昨日いいスポンサーを見つけたと言っていたが、それはどうやら宇目平のことだったらしい。

先程奏絵に言ったような気持ちで仕事をしている。嫌みっぽかったとは思ったが、本当にお店屋さんごっこをしたいだけの人なのだ。

「昨日もたっぷり二人で〝打ち合わせ〟をしたんだけど、今日もこんな時間から押しかけてきて。いや、精力的で実にイイ」

「それで社長、ご相談というのは？」

宇目平の言葉をさえぎるように言葉を出す。放っておいたら下世話な話題しか口から出てきそうにない。

「あ、ああ、そのことなんだが」

さえぎられると思っていなかったのか、宇目平はわずかにひるむ。すぐに自分を立て直し、ひとつ咳払いをして本題に入った。

「奏絵ちゃん、本気で店舗を持たないか？　ポップアップストアもいいけれど、uniSPACEの名前は浸透しているし店舗をひとつ構えてみてもいいと思うんだ」

「ですが……」

「いつもそんな弱気じゃ駄目だろう？　攻めていこうよ。店舗に最適ないい物件があるんだ。ぜひとも奏絵ちゃんに紹介したくてね」

店舗展開は最終的な目標だ。

以前も宇目平に店舗を持たないかと言われたが、まだ早い気もしている。もう少しブランドの内容を濃くしたい気持ちもあるし、なんといってもコラボの件もあるし、今はそれを考えていられない。

奏絵は膝をそろえて頭を下げた。

「ありがとうございます。宇目平社長にはいつも最適な場所をご紹介いただいて。ですが、今回は……」

「おいおい、じっくり検討もしないで流すのかい？　なにが問題？　これだけ売れてるんだ、問題なんてないだろう？」

「店舗を持つとなれば、考えなくてはならないことがたくさんあります。テナント料はもちろんですが人も増やさなくてはなりませんし……」

「なんだ、そんなことか！」

相変わらず大きな声で笑い、宇目平は奏絵の隣に席を移動する。すぐに身体を寄せて声を潜めた。

「そんな心配いらないよ。なんのために奏絵ちゃんを呼んだと思ってるの」

「え……？」

「テナント料なんて、私がなんとでもしてあげるって。人も集めてあげる。人件費なんて気にしなくていい、お小遣い程度渡しときゃいいんだ」

「そういうわけには……」

なにを非常識なことを言っているんだろう。奏絵が言い返そうとするといきなり肩を抱き寄せられた。

驚いて押し戻そうとするが、抱き寄せる手の力が強くて戻せない。それどころかよけいに距離を詰められ顔を近づけられた。

「奏絵ちゃんも私の愛人になるといい。テナント料も人件費も、全部なんとかしてあげるから」

「なに馬鹿なことを言って……！」

「馬鹿じゃないさ」

宇目平が身体を押しつけてくる。逃げようとするとさらに押され、そのままソファに押し倒された。

「放しっ……！」

「奏絵ちゃんはね、考えかたが硬すぎるんだよ。まぁ、それが奏絵ちゃんのいいところでもあるんだけど」

体重をかけて圧しかかられ身体が動かない。座った体勢のまま倒されたので、そろえていた膝が崩れて脚が乱れる。

スカートをまくり上げながら宇目平の手が太腿を撫でた。

「やっ……！」

「もっと上手くやんなさい。若くてかわいい女の子なんだから、使えるモノはなんでも使わなきゃ。あの子みたいに。そんなんじゃすぐに潰されるよ」

「やめてくださっ……！」

唯一動く手で、迫ってくる宇目平の顔を防ごうとする。手をかけた部分が悪かったのか力を入れた瞬間ひたいを引っ掻いてしまった。

「……てっ！」

強く引っ掻いてしまったらしく宇目平の力がゆるんだ。

身体を滑らせソファの下に落ちるようにして逃げる。体勢を立て直そうとしたが、今度はうしろから圧しかかられた。

「奏絵ちゃんは意外に暴れん坊だ。躾け直さないといけないな」

「放してくださっ！　お金なんか出してもらわなくたっていいです！　わたしは……大事な仲間と仕事をしていければいい！」

「じゃあ、その仲間とやらも追い出そう！　デザイナーなんてどこにでもいるし、モデルだってごろごろしてる。もっと奏絵ちゃんに都合のいい……」

「ふざけないで！」

我慢も限界だった。宇目平のしつこさもそうだが、ブランドや仲間を軽く見られているのが気に障る。

「uniSPACEはあの二人がいてくれるから成り立ってる！　わたしの仲間にあの二人がいないことはありえないの！」

精一杯振り向いて声を張り上げる。――その視界に……〝仲間〟が映った……。

「そうだよ！　ウチの大事な姉貴から離れろ！」

「ウチの大事な社長になんてことするんですか！　訴えますからね‼」

その細身からは想像もつかない力で宇目平を引き剝がし放り投げた……純と、彼女らしくない大声で威嚇する……愛香。

（……二人とも……）

「奏絵ちゃん、大丈夫⁉」

愛香が駆け寄ってきて奏絵を起こす。上半身を起こした奏絵の目に、さらにもう一人の姿が映った。

放り投げられた宇目平の前に立つ、大きな人。この状態で見上げれば、愛香が言ったように壁のように見えるだろう。宇目平には、まさに自分を押し潰す壁に見えているに違いない。

「本当にあなたは……なんてことをしてくれるのか……」

足元にうずくまる宇目平を見下し、亘はため息をつく。

「湯浅社長に乱暴を働くなんて、ベンチャー支援活動家として、見逃すわけにはいきませんね」

「な……なに言ってるんです……。四方堂社長は……uniSPACEを支援してないし……、だいたい、犬猿の仲とか言われてて……」

さすがにまずいと思うのか、宇目平はしどろもどろになって後ろ手をつき、立ち上がれないまま亘を見上げる。

「それに……！　一緒にホテルにいたそうじゃないか！　なにが支援活動家だ！　やってることは同じじゃないか！」

亘を指さし、宇目平はささやかな反論を試みる。しかしそれも、亘の静かな微笑みに消された。

「いけませんか？　湯浅奏絵は私の恋人だ。いい歳の恋人同士がホテルでデートをしていただけ。なにがおかしいのです？」

ハッキリと言いきられては宇目平も言葉が出ない。なにか言おうとするが口がパクパク動くばかりで声が出ていない。

パクパクどころかあんぐりと口を開けてしまったのは奏絵だった。なんてことを言ってくれるのだろう。いくら宇目平を牽制するためだとはいえ。

――――湯浅奏絵は私の恋人だ。

あんなことを、言いきってしまうなんて。

「宇目平さん、あなたはずいぶんとベンチャー相手に好き勝手なことをしてくれているようだ。情報は入ってきていますよ。弱い者いじめも大概にしなさい。今回の湯浅奏絵に対する暴力の件や、他のベンチャーに対する物件の値上げ、接待の強要、性的な誘いなど、被害を報告されている件、当社の顧問弁護士にすべてまとめさせました。覚悟しておいてください」

亘を見上げたまま宇目平が固まる。立場の弱いベンチャーの被害者が一人で立ち向かうのは困難だが、亘が介入したとなれば話は別だ。

宇目平は、ヴァルラティの四方堂亘を敵に回すことになる。

亘の話はそこで終わらなかった。

「数年前……あなたは人を使ってuniSPACEのポップアップストアを妨害した。店内を荒し、商品を汚して。まだ駆け出しのuniSPACEに大きな傷を負わせた。私はそれも許せない。『女のくせに生意気だから、ちょっと痛い目に遭わせてやりたい』と言っていたそうですね。そのころから清廉潔白な彼女はあなたにはなびかなかった。それが、許せなかったんですか?」

「……どうして……」

「情報が入ってきていると言ったでしょう。そのへんの安いチンピラなんて、はした金でペラペラ喋《しゃべ》るんですよ。誰かを痛い目に遭わせてやった話とかね」

動けない宇目平を捨て置き、亘が奏絵のそばにやってくる。かがんで彼女の顔を覗きこみ、頬を撫でた。

「一番かっこいいところは君の大切な仲間たちに取られてしまったけれど、俺は、俺のやりかたで君を守る」

「亘さん……。どうしてあんな……昔のことまで調べてくれたんですか……」

「強いはずの君は、あのとき誰にも知られないよう一人で泣いていた。君の弱い部分が俺の心に響いて、あのときから俺は、君を守りたくて仕方がなかった。君を泣かせた犯人を突き止めようとしないわけがないだろう？　当時はわからなかったんだけど、今回、被害者の情報を集めていたときに、ポップアップストア荒らしに関わった人間が出てきてね。そこからは芋ずる式だ」

誰にも見られていないと思っていた。泣くもんかと思いながらも涙が止まらなかった。

亘は、そんな奏絵を見ていたのだ……。

奏絵をお姫様抱っこで抱き上げた亘は、動けないままの宇目平に「失礼」と言い残し社長室を出る。あとから純と愛香もついてきたものの、社内をこの格好で通過するのは少々恥ずかしかった。

頼らせてくれるこの広い胸が愛おしい。胸が詰まって泣きたくなるが、今は純たちが一緒なので泣くに泣けない。

通りに出ると亘の車が停まっている。「秘書にビルの前に停めておくように頼んだんだ」と言いながら亘が奏絵を助手席に乗せ、純と愛香にも後部座席に乗るよう勧めた。

「大丈夫か、奏絵。どこか痛いところはないか」

「大丈夫です。亘さん」

返事をしてドアが閉まってからハッとする。ムードたっぷりな返事をしてしまったが、二人きりではないのだ。

慌てて後部座席を見ると、ニコニコしている愛香と、ちょっと照れくさそうに横を向く純がいる。

「ご……ごめん……」

思わず謝ってしまう。亘が運転席に乗りこんで、すぐに車は走りだした。

「このままuniSPACEのオフィスに送るけど、社長は直帰扱いでいいかい？　二人でゆっくり話がしたいんだ」

「えっ！」

「どーぞどーぞ。大丈夫ですよ～。ねっ、じょうむっ」

「は……はい、どうぞ……」

背後を見ていないので声と物音で察するしかないが、どうやら亘の言葉に驚いた純を、快く了解した愛香が叩いて……了解させたようだ。少々信じられないが、バンッと腕か背中かを叩く音がしたので間違いはないだろう。

（愛香ちゃん……結構怖い……）

奏絵を庇ったときの迫力といい、いまさらながら彼女には未知の可能性を感じる……。

「でも、どうして三人であそこに来たんですか？」

宇目平のところに行くという話は二人にはしてある。しかしそこに亘が加わっているのがいまいちわからない。

　奏絵の質問に答えてくれたのは亘だった。

「常務と専務がそろってヴァルラティに来てくれたんだ。そのときに、例の貴金属店の女社長から電話があって、奏絵が宇目平社長にしつこくしているからなんとかしてくれって。そんな嘘をつくなんて、奏絵が贔屓されていてよほど悔しかったんだろう。でも宇目平と二人きりにするのもいやな予感しかないし。すっ飛んできた」

「……早かったですね」

「まあ、うちのビルから道路を挟んではす向かいだし。……全力疾走だったけど」

　背後から「この人、ものすごく足が速くてさ……ついていくのに必死だった」と、ちょっと不満そうな純の声が聞こえる。

　三つ揃えのスーツで全力疾走するイケメン。さぞかし周囲の注目を浴びたことだろう。見てみたかったという本音を抑え、奏絵は質問を続ける。

「この二人が、ヴァルラティに？」

　後部座席を見やると、愛香が笑顔で応えてくれる。純は相変わらず横を向いたまま、窓の外の景色を見ている風だ。

「コラボのこと、自分たちで確かめたかったの。本当に乗っ取りじゃないのかとか、……奏絵ちゃんを、利用してるんじゃないのか、とか。だって心配だもん。そうしたらね、四方堂社長、奏絵ちゃんのことは真剣に愛してるってすっごいイケボで言うから、もうそれだけであたしも純君も撃破されちゃって、もう宇宙の果てまで飛んでいきそうだったよ」

「はいぃ⁉」

驚きの声をあげて亘を見ると、彼は如才なく微笑む。

「ああ、すまない。奏絵にもあとから言うからな、たっぷりと」

「い、いや、その、……なに言っててんですかっ」

愛してるとか、なんてことを言ってくれるのか。話を穏便に済ませたかったのだとしても、先のことを考えればそんなことを、それもこの二人に言うべきではないのに。

「奏絵ちゃん、ヴァルラティさんとのコラボ、やろう」

「えっ⁉」

驚きの声をあげながらあっちを向いたりこっちを向いたり。奏絵は忙しい。

「四方堂社長にしっかり話を聞いた。社長ね、すごいんだよ。企画だけじゃないの。あたしのデザインの傾向とか細かなこだわりとか全部わかってた。その上で改善するべきところ、コラボのときに求めるもの全部教えてくれるの。目から鱗《うろこ》だったよ」

「……僕が広告になったスチル、全部持ってるんだよ……びっくりした。洋服のタイプによって変える表情とか動きとか手の振りとか全部チェックしていて、コラボで新商品が出たときの表現の対策とか……。もう……これだけ完璧なアドバイスができる人がマーチャンダイザーなんだよ。売れないわけがないっ」

横を向いたまま話す純は、悔しそうで……でも嬉しそうで、やる気に満ちあふれているのがわかる。

奏絵が亘を見つめると、それに気づいた彼はuniSPACEのオフィスの駐車場に入り車を停めた。

「ヴァルラティを引っ張るマーチャンダイザーだからな。このコラボ、uniSPACEを代表するような大ヒットに導いてやる」

ぶるっと……身震いがした。彼の気迫に士気が高まる。心地よい昂揚感に鼓動が早鐘を打つ。

「よろしく、おねがいします」

奏絵が自然と言葉を出すと、後部座席からふたつの拍手が聞こえる。微笑んだ亘が右手を出した。

「やっと、握手ができるな」

奏絵も微笑んで、彼と握手を交わしたのである。


ヴァルラティとuniSPACEのコラボが決まった。

亘と一緒に仕事ができる。最初に目指した目標どおりになったのだ。奏絵は泣きたいくらい嬉しかった。

直帰扱いにされてしまった奏絵は、亘と一緒にいつものホテルに入った。亘も直帰扱いにしてもらったらしい。

「はいどうぞ」

ソファに座る奏絵に、亘がシャンパンが入ったグラスを渡す。

「コラボの成功に」

「これからなんですよ？」

「前祝いだ」

グラスを合わせて爽やかな液体を口に含む。「美味しい……」と呟いてから、まだ夕方にもなっていないのを思いだした。

「こんな時間からお酒って、なんだか罪悪感ですね」

「構わない。温泉に行ったら一日中酔わせてやる」

「温泉？」

「ああ、旅行。温泉にしようと思ってる。というか、温泉にしよう」

子作り旅行のことを思いだす。温泉でもなんでも、亘と一緒にいられるのは嬉しい。奏絵はグラスをテーブルに置いて立ち上がり、亘の前で深々と頭を下げた。

「亘さん、ありがとうございます。二人を説得してくれて。わたしじゃできなかった……」

「君と同じで、あの二人も仕事に真面目で素直なんだよ。熱意はすぐに伝わったし、弟君に、失敗したら姉貴はやらないって言われているから必死で頑張らないとな」

亘もグラスをテーブルに置き、笑いながら奏絵を抱きしめる。くすぐったい気持ちに包まれて奏絵は決心を固めた。

「本当にありがとうございます。わたし……子どもができたら、愛情こめて育てますね。二人への説明は上手くします」

「説明?」

「一人で育てることを不思議に思われるかもしれないけど、これが二人で決めたことだからって言えば……きっとわかってくれると思います。亘さんにご迷惑はかけません。……でも、子どもには会ってあげてくださいね……。自分の父親が、どれだけ立派な人か、ちゃんと知っていてもらいたいから……」

亘の身体が離れたかと思うと、いきなり姫抱きにされる。言葉もなくベッドルームに入り、躊躇なくシーツの上で重なり合った。

「奏絵……君は、なにを言ってるんだ?」

「なにって……」

亘が顔を上げる。ちょっと乱れた前髪が妙にセクシーでドキッとした。

「君の話を聞いていると、子どもは一人で育てるだの、迷惑はかけないだの。子どもを作ってこの関係が終わり……のように聞こえるのだが？」

「……でも、亘さんは……子どもが欲しいって言ったわたしに協力してくれているだけですから……」

「愛してるよ、奏絵」

胸が壊れそうなほど鼓動が高鳴る。とても心臓に悪い言葉だ。

「そんなに驚くな。さっき言っただろう、あとでたっぷり言ってやるって」

「で、でも、あれは、……二人を納得させるために言ったんじゃ……」

「愛してる」

唇が重なる。擦り合わせる優しいキス。唇の表面から痺れて、口腔内までうっとりする。

「結婚しよう、奏絵」

うっとりとする意識のなか、とんでもない言葉が耳朶を打つ。

聞き間違いだ。そんな、まさか彼がこんなことを言うわけがない。

「結婚しよう。二人で子どもを育てよう。俺は、ずっと君と、こうして愛し合って生きていきたい」

「亘さ……」

「愛してる」

また唇が重なる。優しく舌を誘い出され、彼の口腔内でゆっくりと舐めまわされた。

「ん……ふぅ……ぅん」

吐息が甘えたトーンで響き、唇を離すと唾液が銀糸になって二人を繋いだ。

「愛してる……奏絵」

「どう……して、嘘……」

「ずっと君を見ていた……。君の涙を見て守りたいと思ったのも嘘じゃない……。子どもは欲しいなんて言葉に便乗して、君を手に入れようと目論んだ……」

「亘さん……」

「ズルい考えだ……。子どもを作って、絶対君と離れることのない絆《きずな》を作りたかった。君を離したくない。結婚してくれ、奏絵」

見つめ合ったまま、奏絵はゆっくり両腕を伸ばす。亘の頭へ回し、肩を浮かせて抱きついた。

「……嬉しい」

「奏絵……」

「亘さんに憧れてた……尊敬していた。……なにもできない、自主性もなにもなくて、目立たない日陰の存在だったわたしに、目標と、憧れをくれた……。動きだすきっかけをくれた……」

亘が奏絵を抱き返し、ゆっくりとシーツに戻してくれる。彼と見つめ合い、奏絵は一生口にすることはないと感じていた言葉をこぼす。

「好き……亘さん……好きです……」

亘の目が嬉しそうになごむ。ちょっと泣きそうになっているように見えて、奏絵の胸がきゅんきゅん飛び跳ねた。

「結婚してくれるか？　奏絵」

もう答えは出ているのに、亘は改めて聞いてくる。奏絵は涙目でにっこりと微笑んだ。

「はい……！」

二人の唇が重なる。顔の向きを変え、まるで水泳をしているときのように激しい息継ぎをしながら、夢中になってお互いの唇を貪る。

「ンッ……ふっぅ……ンッ……」

「愛してるよ……」

あわいをぬって囁かれる愛の言葉。耳から肌から幸せな言葉が沁みこんでくる。

唇を重ねながら互いの服を脱がせ合う。奏絵はスーツの上着にブラウス、スカートにストッキングで残りは下着のみなので早いが、亘が困難である。

スーツの上着、ウエストコートにワイシャツ。ネクタイを外しブレイシーズを下ろして、トラウザーズに手を……。

ちょっと恥ずかしくて戸惑っていると、亘が自分で脱いでくれた。

「まだ恥ずかしいのか？　何回も見てるだろう？」

「み、見ていても……なんか、さわっちゃいそうで……」

「ふーん」

右手を取られ、いきなり彼の股間に持っていかれる。手のひらに柔らかくあたたかいものがあたって、ついギュッと握ってしまった。

「きゃぁっ！」

とっさに声をあげてしまってハッとする。

「きゃあはないだろう。毎日これで気持ちよくなってるくせに」

「わ、わたるさんっ」

ちょっといやらしい言いかたに反抗すると「ごめん」と甘い声を出された。

単純だが亘にこんな声を出されるとなんでも許してしまえる。ドキドキさせられて、言うことを聞いてしまう。

「でも、奏絵にさわられてるとドキドキするな」

「そう、ですか？」

なんだかんだ言って奏絵の手はまだ亘の雄茎に触れている。大きく勃ち上がっているのに柔らかくてあたたかい。なんだか違う生物みたいだ。

両手で乳房を持ち上げられ揉みこまれる。お餅でもこねるかのようにもったりとした手つきは、じっくり奏絵の胸の弾力を堪能しているかのようで、じくじくした快感がゆっくり広がっていく。

「ぁ……アンッ……ん……」

気持ちよさに震えるたび、手の中の熱棒をキュッキュと握ってしまっていた。

(あれ……ちょっと、大きくなってるかも?)

手にあたる大きさが変わっていく。さらに張りつめて硬くなり、質量が増していく。

(亘さん……気持ちいいんだ……)

そう思うと嬉しくなってきた。乳首を吸われ快感が大きくなって、刺激を与えられるごとに手の中にあるものを揉みこんでみた。

「奏絵っ、……そこまで」

「ぁっ、ん……ふぁ?」

今まで彼が四つん這いになっていたので手が届いたが、下半身を下げてしまうと手が届きづらい。奏絵の手は愛しい熱さを逃してしまった。

「これ以上握られていたら、奏絵の手に出してしまいそうだ……」

優越感がほわっとした快感を纏う。自分が彼を気持ちよくさせてあげられるんだと思うと嬉しくて、奏絵はつい「へへ……」と悪戯っ子のような笑みを漏らしてしまった。

「なんだ？　思いだし笑いか？」

「亘さんを……わたしが気持ちよくしてあげられるんだと思ったら嬉しくて……」

「気持ちいいけど、堪えるのに必死だ」

「そうなんですか？」

「それに、さわってもらわなくたって、充分気持ちいい」

身体を下げた亘が大きく奏絵の両脚を広げる。紅く濡れ熟れた秘園に舌を撫でつけ、蜜の出所に中指をじゅぶっと埋めこんだ。

「あっ……！　ふぅっ……」

指が出し挿れされ蜜を掻き出す。あふれた汁を舌に絡めて、亘は陰核の周囲を舐めまわした。

「あぁぁっ……や、ぁぁんっ」

ぺちょぺちょと舌を使う音とじゅぶじゅぶと指が出し挿れされる音が混じり合う。とてもいやらしいことをされている気分になって、快感と紙一重のものが急速にせり上がってきた。

「ああっ……ダメっ、わたるさっ……！」

指が二本に増やされ膣襞を掻き毟る。彼自身には及ばないものの、荒々しい太さが官能を粟立たせた。

「ンンッ……やぁぁん——！」

パアンと弾けた快感が、脚の付け根に力を入れさせ彼の指を締めつける。太腿にもどかしさが駆けめぐって、奏絵は何度も足でシーツを擦った。

「奏絵は、さわってるだけで気持ちいいんだ」

奏絵の片脚をかかえ上げ、先程彼女の手の中で硬さを増した剛直をあてがう。躊躇なく深く進み、すくい上げるように腰を揺らした。

「あっ……ああっ、そこ、ぁっ、ダメェ……！」

「奏絵はココが弱いんだ。ここ突いてやると派手に感じてくれる」

「や、やぁぁん……駄目、あっ、ああっ！」

突き挿れられるたび全身が引き攣る。擦り上げられて掻き乱されて、花筒が蜜をこぼして歓喜した。

かかえ上げられていた脚を身体の前に倒されると彼にお尻を向けた形になる。腰を摑まれ膝を立てられて、奏絵が両肘をつくと四つん這いになり、その体勢で背後からガンガンと突きこまれた。

「ああっ！　やぁぁっ……ダメェ、わたる、さぁん……！」

お尻に彼の肌が打ちつけられるたび、肌を弾く派手な音がする。断続的に立てられるそ

の音はどこか淫らで、止められなくなった奏絵の嬌声と同じ音量で響く。

激しい突きこみに身体が揺れ動く。一緒に乳房が揺らされ、肘を落とすと乳頭がシーツに擦れて想定外の快感が走った。

背中から覆いかぶさってきた亘が片方の乳房を鷲掴みにし揉みくちゃにする。もう片方も同じように揉みこみ、ふたつ一緒に擦りまわして興奮の度合いを示した。

「わたる……さん、亘さ……もう、あぁっ……！」

「かな……えっ！」

奏絵の限界が近いと悟ったのか、亘の動きが大きくなりより強く激しく最奥を穿つ。

体内に電気が走っているよう。甘い電流に甘電するたび、奏絵は身悶えして亘を締めつけた。

「イイな……最高に気持ちいいよ……奏絵……」

「ダメっ……ダメ、わたるさっ……もぅ……ああっ！」

「奏絵が駄目なら、俺も駄目だ。……一緒に、気持ちよくなろう？」

「わたるさん……わたるさっ……ああっ、好きぃ……！」

「愛してるよ。奏絵……」

「あああぁあっ……イっちゃ……ぅうん——！」

強烈な愉悦が襲ってくる。胎内に灼熱《しゃくねつ》を感じた瞬間、脳内で白い光が弾け身体が宙に投げ出された錯覚に陥る。

四つん這いになったままシーツを握りしめ、快感のあまり腕を伸ばして反り上がる。固まった下半身はドクドクと脈打ち、彼の熱でいっぱいになった。

「……奏絵……」

蕩ける声が脳に伝わる。徐々に膝が震えて少しずつ身体が落ちた。

繋がったまま亘の身体も落ちる。重なり合うと背中に彼の鼓動を感じた。

トクトクと少し速い鼓動。興奮冷めやらない、熱く乱れた呼吸。背中に感じる、しっとりと汗ばんだ肌。

すべてが愛おしい……。

「亘さん……大好き……」

奏絵の囁きに、亘は「俺も大好きだよ」と甘い声を鼓膜に響かせた。

エピローグ

その後、ヴァルラティとuniSPACEのコラボ企画始動が発表され、同時に、両ブランドの社長同士の婚約が公にされた。

老舗アパレルの社長とベンチャーの女社長という組み合わせ。それも巷では犬猿の仲とまで言われていたのだ。話題にならないはずはない。

そのおかげで、二人の仲を週刊誌にリークすると息巻いた、貴金属系ベンチャーでお店屋さんごっこをしていた彼女の策略は、泡と消えた。

宇目平不動産は社長の問題行動が取りざたされ訴えを起こされたことで、早々に社長交代と相成った。同時に、例の彼女も店をたたんでおとなしくなったらしい。

——そして、婚約発表を機に、奏絵の口紅は真っ赤なものから優しく綺麗なピンクに変わったのである。

通常業務をこなしながらコラボも手がける。uniSPACEは毎日忙しい。

だがそんななか、奏絵は約束どおりゴールデンウィーク明けに休みを取り、亘と温泉旅行に行くことになった。

「楽しみだな……。予約した温泉、部屋は離れだし、露天風呂もあるし、ゆっくり一日中奏絵とすごせる……」

感慨深げに口にする亘を見ていると、奏絵よりも楽しみにしているようにも思える。

「奏絵の浴衣姿、かわいいだろうな」

あまりにも悦に入っているので、なんだか奏絵のほうが照れくさくなってきた。

uniSPACEの新しいポップアップストアを二人で視察したあと、車は小さなコーヒーショップの駐車場で停まった。

「浴衣着てても、すぐ脱がされそうですよね」

冗談半分、しかしあとの半分は本気で言ってみる。運転席の亘が真顔になったので奏絵はドキリとした。

「どうしてわかった?」

「わ、わたるさんっ」

「むしろ、着てる暇があると思ったのか?」

「やらしいですよっ」

ムキになる奏絵を見ながら笑い声をあげ、亘は先に車を降りて助手席のドアを開けてくれる。奏絵が降り立つと腰を引き寄せ彼女のこめかみにキスをした。

「それだけ楽しみで仕方がないんだ。温泉でゆっくりまったりして、奏絵の疲れもストレスも吹っ飛べばいいなと思ってる」

「亘さん……」

彼が奏絵の身体を心配して旅行先を温泉にしてくれたのはわかっていた。

仕事を始めてから、それこそ疲労やストレスが重なり、奏絵は女性としての大切な機能が不定期になっている。

頻繁に亘と肌を重ねていても、それらしき兆候はない。本格的に体調を整えてやらなければと思ってくれたのだろう。

子作りに協力する、という話から始まった関係だが、愛が深まった今は本当に二人の子どもが欲しい。

「わたしも楽しみですよ」

嬉しそうに言う奏絵に、亘はもう一度キスをする。今度は額だ。

腰を抱かれた状態で亘の腕に腕を絡ませ、奏絵は含み笑いを漏らした。

「このコーヒーショップで、亘さんにストベリードリンク買ってもらったんですよね」

「またなにか限定商品あるかな」

「今回は迷いませんよ」

二人そろってドアを開ける。すると……。

「いらっしゃいませ、駐車場でキスをしていた幸せそうで素敵なお二人には、たくさんサービスしちゃいますよ！」

カウンターからスタッフの女の子の声が響き、亘と奏絵は幸せそうに寄り添った。

——そして……。

夏に二人は結婚式を挙げる。

その後すぐに、念願の宝物を授かるのである——。

END

あとがき

久々にあとがきを四ページ分いただけたので、なにを書こうかなと考えているうちにあれもこれもと思いつき、これは四ページでは足りないなとなり、削っているうちに二ページになりそうになって考え直し、また増えて……（最初に戻る）。

相変わらずまとめるのがヘタで泣けてきますが、今回は少々、私の「好き」におつきあいください。


まず、「女性っぽい男性キャラを出すのが好き」です。

今作で言えば純《じゅん》ですね。

女性っぽいと言っても、オネエではなく、もしかしたら女性かな？　ってくらい綺麗な中性的な男性キャラという意味です。

仕草や口調にちょっと女性っぽいところがあっても、中身はちゃんと男の子、みたいな感じですね。

今回はジェンダーレス男子という言葉を使わせていただきました。

実はこの言葉を使うにあたって、使ってもいいだろうかと悩んだんですよ。

考えようによってはデリケートな問題に抵触しますよね。

担当様にお聞きするのもちょっとビクビクものだったのですが、使用可ということで、純の属性として主張させていただきました。

「オネエとなにが違うの？」

って聞かれそうですが、違います！　すっごく違います！！！

ここで話すと長くなってしまうので割愛しますが、詳しく知りたいなって思われた方は、調べてみてくださいね。

ちなみに、オネエキャラも好きですよ。私が書けないだけです。


そして、「ケンカップルが好き」です。

これはちょっとした条件がありまして、両片想いのケンカップルが好きです。

両想いなのにお互い「好き」って言えない理由とか障害とかがあって、意地を張るしかない感じ。

ヒロインがあまり意地を張りすぎるのはいただけない。意地っ張りすぎるのもかわいくないし、頑なすぎるのはドキドキを通りこしてイライラしてしまう（させてしまう）ので、そこはもう、ヒーローにガンガン押していってもらいたい。

今作の亘《わたる》と奏絵《かなえ》がそんな感じです。

犬猿の仲、という始まりではありますが、蓋を開けてみれば考えの行き違いでケンカップルになっちゃっただけなんですね。

意外に亘が余裕綽々なので、奏絵に意地を張らせるのが楽しかったです。


最後に「アパレルを題材にするのが好き」です。

売ったり買ったりの店舗より、企画したり作ったりのお話を書くのが好きなんです。布質とか織のパターンとかレースとか装飾、デザイン、そういったものにこだわるのが好きで、こんなのどこで使うのってくらい資料も集めていたりします。

以前から密かに書きたいと思っているのがランジェリー関係のお話なんで、いつかどこかで書いているのを見つけたら、「そういや書きたいって言ってたな」って、思いだしてもらえると嬉しいです。


さてさて、今回も楽しく執筆させていただきました。

担当様、いつも本当にありがとうございます！　今回なにより嬉しかったのは「黒田《くろだ》うらら先生とか……お願いできないでしょうか」と駄目もとでおそるおそるのお願いを叶えていただけたことで……！　もうほんと、感謝感謝でございました！

黒田うらら先生、本作をご担当くださり、ありがとうございます！　他のレーベルさんの挿絵でお世話になって、ほんと、黒田先生の挿絵が大好きなので、ご担当いただけると担当様にお伺いしたときは天を仰ぎました。またいつか、ご縁があることを切に願っております。

本書に関わってくださった皆様、書く元気をくれる大好きな家族と、励まし合いながら一緒に頑張ってくれるお友だち、そして、本書をお手に取ってくださりましたあなたに、最大級の感謝を。

ありがとうございました。

また、お目にかかれることを願って――。

幸せな物語が、少しでも皆様の癒やしになれますように。

令和四年三月／玉紀《たまき》直《なお》

Vanilla文庫 Miel
玉紀 直 Illust 駒城ミチヲ
わたしたち、三ヶ月後に離婚します!
パーフェクト御曹司と期間限定婚♥
「結婚してほしい! 君しかいない」
「俺たち、夫婦としての相性もいいに決まっている。結婚してくれ」敏腕副社長である雅己からまさかのプロポーズ!? しかも離婚前提だなんて!? ずっと好きだった恋心をくすぐられてOKしたけど、濃密な愛撫にとろかされ、期間限定なのに甘すぎる新婚生活♡ わたし、このままじゃ離れられなくなっちゃう! だけど、約束の日が近づいてきて!?
オトメのためのイマドキ・ラブロマンス♥

ライバル社長と子作りします!?

Vanilla文庫 Miel

2022年5月5日　第1刷発行　定価はカバーに表示してあります

著　者　玉紀 直　©NAO TAMAKI 2022
装　画　黒田うらら
発行人　鈴木幸辰
発行所　株式会社ハーパーコリンズ・ジャパン
東京都千代田区大手町1-5-1
電話　03-6269-2883（営業）
0570-008091（読者サービス係）
印刷・製本　中央精版印刷株式会社

Printed in Japan ©K.K.HarperCollins Japan 2022 ISBN978-4-596-42898-1